Ela e as Vitrines do Rio

R. SATURNINO BRAGA

Ela e as Vitrines do Rio

1ª edição

Editora Record
RIO DE JANEIRO • SÃO PAULO
2016

CIP-BRASIL. CATALOGAÇÃO NA PUBLICAÇÃO
SINDICATO NACIONAL DOS EDITORES DE LIVROS, RJ

Braga, R. Saturnino
B795e   Ela e as vitrines do Rio / R. Saturnino Braga. – 1ª ed. –
Rio de Janeiro: Record, 2016.

ISBN 978-85-01-10471-7

1. Conto brasileiro. I. Título.

                                      CDD: 869.91
16-31082   CDU: 821.134.3(81)-1

Copyright © Roberto Saturnino Braga, 2016.

Todos os direitos reservados. Proibida a reprodução, armazenamento ou transmissão de partes deste livro, através de quaisquer meios, sem prévia autorização por escrito.

O autor dedica este livro a Maria Christina, escritora, amiga, incentivadora.

Versões de vários desses contos foram escritas para o boletim interno da Associação Scholem Aleichem (ASA), numa seção intitulada "Vitrines do Rio".

Texto revisado segundo o novo Acordo Ortográfico da Língua Portuguesa.

Direitos exclusivos desta edição reservados pela
EDITORA RECORD LTDA.
Rua Argentina, 171 – Rio de Janeiro, RJ – 20921-380 – Tel.: (21) 2585-2000.

Impresso no Brasil

ISBN 978-85-01-10471-7

Seja um leitor preferencial Record.
Cadastre-se e receba informações sobre
nossos lançamentos e nossas promoções.

EDITORA AFILIADA

Atendimento e venda direta ao leitor:
mdireto@record.com.br ou (21) 2585-2002.

Ela

Meu mundo passou e ela restou, ficamos como um, tinha de ser, só agora digo tão categoricamente, foi o seu ser, foi o meu, necessariamente, sermos um, minha mulher, seu marido, um só.

Uma vez ela foi, eu deixei, eu tinha a experiência emocionante da diversidade, achava bom e justo que ela também tivesse, era o seu analista, uma novidade impactante naqueles anos, e era o seu primeiro analista, veio naturalmente, essa coisa comum da gravitação que surge na intimidade do divã, foi, ficou um tempo de dois meses, e voltou, uma alegria. Outra vez foi com um guia na Polônia, apaixonaram-se eletrizantemente, ela ficou dois dias com ele, eu passeando sozinho em Varsóvia, assisti a uma bela apresentação do *Orfeu* de Monteverdi, depois, era o nosso dia de voltar, acabou. Uma vez eu quis sair, sair de verdade, não o exercício leviano masculino do costume mas um ardor que me pegou, quis sair e saí, ela tomou um remédio forte e eu voltei, reencontrei-a no hospital e nunca mais. Ela salvou a minha vida. Amamo-nos. Tempos e tempos de fazer as coisas juntos, acabamos ficando um ser só, a nossa vida, uma coisa realmente bela. E feliz.

Foi assim, quero contar do nosso tempo e do nosso mundo que passou, e falo dela porque foi a nota principal, o resumo da essência. Digo muita coisa pra mim mesmo, desculpem, é assim que se contam as histórias mais sinceras.

O nosso tempo teve a grande abertura depois da guerra, a primeira da milenar história do homem, o primeiro ensejo da mulher no mundo, nós vimos isso, testemunhamos, a abertura eminentemente freudiana, sim, Sigmund Freud, porque Jenny Marx, que era "von Westphalen", cinquenta anos antes, ainda foi escrava.

Eram os últimos anos cinquenta dos mil e novecentos, havia chegado ao Rio a psicanálise por um casal de nome Kemper, que libertou uma geração e gerou discípulos, uma correnteza que havia iluminado Buenos Aires e emancipava o Rio em vagas sucessivas. Ela recebeu o chamado na década seguinte e nadou feliz nessa corrente estimulante. Lembro-me dos seus sonhos chorosos de revolta, o parto da libertação, a mãe injusta jamais compreendeu.

Foi marcante, ela se lançou toda nessa abertura, não quis mais ser a rainha da casa, desafiou a circunstância e alçou voo, guardo fotos desses momentos tectônicos, a radiância dela na face e a minha posição de guarda na luta, procurando ver com acuidade o que se passava, escutar e compreender as razões dela, os sentimentos dela sempre tão puros, e consegui, ela também, em contrapartida, fez o contraponto: a análise dela, as experiências dela, a contestação dela, o enfrentamento e ao fim de anos nos abraçamos em um só para o resto da vida.

Pois então é a história dela que quero escrever como nossa. A menina maljeitosa que foi, nascida no meio, depois de uma irmã que fazia as coisas direitinho e antes da outra que findou sendo a preferida do carinho. Inocente, ela, menina, inteiramente dependente do casulo, os olhos abertos na procura, inocente, gorduchinha e entretanto maljeitosa, desafinada e desamada, oh, que conjugação maldosa, rejeitada, ela dizia, ela sentia, aquela certeza impressa nos neurônios para o resto da vida, como eu vi, como eu senti.

Mas foi brava, lutou e se ergueu, foi mulher, entendeu, amou, concebeu, pariu, e como me ajudou, ia e voltava sozinha, dirigia o carro, fazia as compras, cuidava dos meninos, das rendas, fazia campanha para mim em Nilópolis, foi grande e ajudadeira ao mesmo tempo, entregou-se, me deu todo o seu tesouro e conseguiu um pouco de felicidade.

O início é assim, da história dela, aqueles primeiros anos desventurosos entre as irmãs, eu escutei nos seus sonhos, já disse, desculpem, vivi aquele tempo dela pelo avesso e mais ou menos sei de tudo, posso dizer dos seus impulsos, de fugir de casa, de morrer só de vingança, o retorcer de dor na alma daquela carinha redonda, que bonita, afeita à alegria natural de menininha cheia de saúde, à alegria de cada manhã acordada.

A vida é mais forte, a energia vital da Criação, e vai, e segue, e muda, acaba até invertendo relações, e ela se fez moça bela e atraente, sexualmente atraente mais que as irmãs, dando início a um novo capítulo. Estranho ou não, uma doença marcou o tempo deste novo ser, mal diagnosticada, espécie de icterícia, talvez hoje fosse hepatite, dois meses de cama, sem forças, e uma recuperação lenta, um ano letivo perdido, mas a vida é forte e o corpo venceu, as formas do corpo e a energia do corpo, ela voltou à praia e ao sol, moravam perto da praia, estamos no Rio, a mãe amava as ondas e a água do mar, e ela era a filha que tinha aquele mesmo gosto da mãe, finalmente um encontro.

E no mesmo tempo veio o outro despertar do corpo, o prazer do sexo, a descoberta do toque e aquela sensação inigualável, sobrenatural, antes inimaginável, o novo segredo dela, bem dentro guardado, o mais importante pela vida toda, a irmã mais velha não sabia, e não sentia. Ela sabia que a outra não sentia, não sabia como mas sabia. Talvez por não ter nunca escutado nela, na irmã, o estiramento e a respiração típica do maravilhamento. Dormiam no mesmo quarto.

E foram o mesmo segredo e o mesmo toque que me propiciaram a vitória. Ela tinha um namorado, que era mais velho, que era mais alto, mais belo, mais homem, que estudava fora, já estava na universidade para ser engenheiro de minas, só que jamais a tinha tocado, beijava só, respeitava o corpo como moço educado do tempo. E eu captei, tive a sorte, apurei e recebi o chamado dela por ondas de alta energia, o império da necessidade dela, e toquei-a, além de beijá-la toquei com o maior carinho em todos os pontos. E a gratidão dela por essa minha audácia foi o amor para sempre, o amor mais forte. Eu ganhei por isso.

Por quê? Não foi audácia, eu não tinha ousadia de iniciativas; bem ao contrário, a timidez da insegurança era a marca do meu ser naquela época. Por quê, então? Não sei dizer, senão tirar da memória antiga que havia um arranjo de acasos e sentidos muito propiciadores, um meio de propagação de raios alfa, beta e gama, um chamado eletromagnético que vinha dela, dirigido a mim, talvez pela minha bisonhice mesma, que me mostrava confiável e me fazia um outro polo altamente receptivo e delicado, não sei, mas veio, veio, somaram-se chamados, radiações e oportunidades, e eu fui conduzido pelo amor, por poderosas forças da própria Criação, às carícias que a envolveram no sentimento definitivo. Definitivo em agradecimento.

Casamo-nos com muitas bênçãos dos pais que agraciavam aquela juventude, o belo ritual de branco, com flores e música. E a santidade, um sentimento elevado que acabou impregnando a igreja toda, depois da Ave-Maria tão bem cantada. Era a antiga igreja de Nossa Senhora de Copacabana, na Praça Serzedelo Correia, depois demolida para a construção do prédio de muitos andares por cima dela hoje. A fala e os gestos do padre não comoveram, eram os mesmos convencionais, e a pequena figura dele eu conhecia de menino e não me tocava, dizia-se que cumprimentava com atenção as beatas ricas e dava a mão a beijar com desprezo para as pobres, as negras. Mas a cantora, sim, a voz de soprano cristalina e aveludada, cheia de expressão e musicalidade, na acústica reverberante da igreja, o "Panis Angelicus" e a "Ave-Maria", oh, a cantora foi encanto e emoção para não se esquecer.

Seguiu-se o natural, a lua de mel e o primeiro filho cheio da graça colorida que era dela, e que irrompeu depressa por sua bacia larga e feminina, num parto forte como a saúde natural dela. Era meu também, de minha semente, fruto do amor, da gratidão que ela me devotava. Recebi.

Muitas brincadeiras com o nome do menino, com a glutonice do menino, com os puns e arrotos do menino, com as diarreias verdes de Alonso, não sei por que Alonso. A minha família era de tom alegre e era afeita às brincadeiras brasileiras, que ela não conhecia de menina e que a encantaram e a envolveram. Um pouco mais grandinho, estávamos na sala, recebendo a visita um tanto cerimoniosa de um casal amigo dos pais dela, provando o chocolate delicioso que haviam trazido, ele, um glutão inveterado de uns cento e poucos quilos, quando a cadeira um tanto frágil em que ele se sentava partiu-se toda de repente e o bolão foi direto de bunda no chão. Deve ter doído, ele soltou um grito arregalado, e Alonso desatou numa risada ruidosa e incontida, uma risada tão larga e engraçada que todos na sala, inclusive a esposa educada, se contagiaram e puseram-se a rir, uma risadaria irrefreável, que aumentava com a cara de desagrado do tombado que gemia de verdade e se levantava a custo. O episódio foi relatado muitas vezes, sempre provocando nova risadaria, ela se ria mais que todos, como uma mulher feliz.

O tempo das coisas aparentes seguiu como sempre segue, nós naquele fluxo simples e descontraído, jovens sem mistérios, lembro de férias passadas numa colônia de funcionários em Petrópolis, na Independência, revigorando nossos corpos, respirando, nadando e carregando Alonso, fazendo um amor que eu sentia que era pouco para ela. No ano seguinte fomos a São Paulo passar duas semanas e levar o menino para ser visto e apreciado pela avó dela, bem velhinha, que morava lá com uma filha, a Tia Ágata, que ainda geria, de longe, uma fábrica de bicicletas montada pelo marido já falecido. Nas férias aparecia mais a minha fraqueza física diante da expectativa dela de um tempo de relaxamento e de libido mais intensa. Transparecia certa frustração no hálito dela.

Incomodava-me. Era fraqueza, mas era também leviandade minha, que imaginava romances com outras mulheres e dispersava as forças masculinas que eram poucas. Devaneava e até me masturbava. Cheguei ao auge dessas transposições no dia em que anunciei que desejava me separar e ter a minha própria vida, sentia-me apaixonado por outra mulher. Que choque, que bruteza, eu não tive a sensibilidade para antever a crueldade que cometia. Contra a beleza e a delicadeza dela. A fragilidade dela. Mas foi uma vez só, nunca mais. Voltei atrás e nunca mais. Que bom!

Anos antes, tinha sido a vez dela, já referi, e eu compreendi, não gostava nada daquela coisa de análise que subvertia a vida, mas aceitei. Sofri, claro, qualquer um sofre com a rejeição. E foi ele mesmo, o outro, que me telefonou, teve coragem, com certeza apaixonado, falou com voz firme, sem hesitação, mas com respeito, com cuidado, um tom de voz que pedia desculpa, contava com a minha compreensão, conhecia pelo dizer dela mesma que eu era um cara de pensamentos largos e sabia receber e aceitar reveses, comunicava que ela ia viver com ele, por decisão deles, amadurecida, ponderada, decisão dela que estava ali ao lado do telefone, só que sem coragem de me dizer, estava até chorando, porque gostava muito de mim, tinha gratidão pelo bem que eu lhe havia feito, mas tomava aquela decisão madura, uma escolha de vida bem pensada, balanceada, era como se fosse a decisão a favor da vida dela, uma escolha plenamente consciente de tudo de bom a que ela renunciava, Alonso, principalmente o Alonso, oh, que dor, deixava ele comigo, contando com o meu carinho para com ele, querendo o direito de vê-lo, claro, pelo menos toda semana, não podia deixar de vê-lo, mas deixava ele morando comigo, confiava em mim, oh, que conversa dilacerante, conversa, não, quase só ele falava, seguro como um analista, eu respondia com monossílabos ou grunhidos, quase uns quinze minutos de fala, ele também não sabia como encerrar. Eu é que tive de dizer está bem, seja o que ela quiser, eu compreendo, sim, magoado mas compreendo.

Mágoa funda, a dor de um desgosto que comanda a vida. De dia e de noite.

Foi e voltou, gozou e aplacou-se, não se aprofundou na senda alternativa. Eu a recebi e abençoei. Que graça. Hoje, da perspectiva do fim, fico a ver o percurso e seus ramos alternativos, podia ter ficado com aquele cara, como podia ter-se casado com o primeiro namorado, era mais homem no sentido físico e mais maduro de vida uns cinco ou seis anos, teria sido mais natural aquela outra via. Tudo isso eu ficava imaginando, horas, a vida sempre pode ser outra, não se sabe por que não é, talvez tenha um sentido, a vida pode ter um sentido.

No cotidiano não pensamos neste tema, vivemos sem essas cogitações. Só ante um evento trágico ou absurdo a indagação se põe forte: por quê?!

Ou não, as pessoas mais afeitas à filosofia perguntam e buscam este sentido. Todo mundo tem uma filosofia de vida; a maioria sem filosofar adota a filosofia da maioria. Outros olham o mundo com mais cuidado, com mais tempo, essa coisa do tempo é muito importante, o tempo vazio oferecido em forma de lazer agradável ou o tempo cheio construído pelo gosto de pensar. O fato é que a pergunta existe e mobiliza: que significado, que sentido tem a vida, a vida humana, claro. A religião, as religiões preencheram a resposta por dez mil anos, até há pouco.

Quem pensa e busca com pertinácia finda por achar na vida algum sentido; talvez por isso mesmo, porque pensa e busca. E finda por concluir que o sentido é de uma cultura e de um tempo. O sentido da vida no Ocidente durante a Idade Média era o de uma peregrinação em direção à verdadeira vida que começava depois da morte. A morte era uma esperança. Que coisa mais sem sentido. Mas era. O sentido da vida muda no tempo e na cultura, mas a mudança é muito lenta e não é sentida. A aflição de hoje é justamente a de que esta velocidade está mais forte do que nunca antes. Abre uma perplexidade.

Ela buscou e encontrou na análise uma compreensão da sua própria vida, a partir daquela rejeição sofrida quando menina inocente. Toda compreensão desafoga, traz alívio, como trouxe para ela, mas essa elucidação da vida pessoal não preenche o anelo maior do desvendamento geral, do sentido geral. Prosseguimos, agora juntos, a nossa busca. Camões, no seu grande poema, disse do maravilhamento de Vasco da Gama quando lhe foi mostrada, na sua inteireza, a máquina do mundo em andamento. Um sentimento de preenchimento parecido deve ter inundado a alma de Isaac Newton, o da visão global do funcionamento do cosmo. Nós prosseguimos. Modestamente, buscando, como um dever.

Tivemos mais dois filhos, ainda perdemos um outro prematurozinho que seria o quarto, que pena. Cresceram no mundo das famílias protegidas do Rio daquele tempo e foram se fazendo a nossa sequência, o nosso fruto, a nossa própria carne natural. A alma também, não só o sangue, a alma passa bastante para os filhos, passa pelos genes e pela convivência, vai passando para o sentimento em formação.

Enfrentamos juntos os percalços presumíveis, eu tive o meu sucesso profissional e político, ela foi ajudadeira em tudo naquele esquema tradicional, não foi a médica que teria desejado ser mas curou com doçuras as penas e os agravos de todos nós. Recebia cartas da Polônia, eu já contei do apaixonamento dela e do guia, quatro anos antes, numa conferência da União Interparlamentar que houve em Varsóvia. Era um homem ossudo de rosto quadrado e olhos verdes, parecia uma escultura em madeira de um operário stakhanovista. Gravitações e propensões têm um mistério inabordável. Não eram frequentes as cartas, cada dois, três meses, mas se mantinha a correspondência, ela com certeza respondia. Eu ignorava, isto é, nada indagava. Percebia só que cada carta induzia nela uma alteração de metabolismo, uma imperceptível radiação fescenina que só eu captava porque tinha os sensores apropriados. Durava um ou dois dias.

Ocorre que fui designado para uma nova conferência da União Interparlamentar, eu era vice-presidente da Comissão de Relações Exteriores. Era em Viena daquela vez. Poucos dias antes da viagem, ela me sentou no sofá, tomou-me as mãos e pediu emocionada, pediu minha compreensão, pediu o meu amor, para aceitar que ela fizesse uma coisa que era muito importante para a vida dela, para a felicidade dela, para o equilíbrio emocional dela; pediu que eu concordasse em que ela passasse os três dias da conferência sozinha em Varsóvia. Enquanto eu ficava assistindo àquelas sessões sem graça, ela tomaria um avião, iria a Varsóvia e voltaria a Viena no último dia da conferência, e nós passaríamos então mais três ou quatro dias muito felizes visitando aquela bela cidade. Claro que ela não mencionou o motivo, e nem precisava, ela sabia que não precisava. Eu não podia negar, contrariar aquele desejo tão forte dela, tão imperativo da alma e do corpo dela. E assim foi feito. Ela voltou de Varsóvia tão radiante e agradecida que nós tivemos dias realmente de muita ventura e de muito amor em Viena. Vimos o consultório, o apartamento de Freud, oh, como ela observou tudo com seriedade, interesse, detalhamento. Vimos o friso de Klimt sobre a nona sinfonia de Beethoven, afeiçoei-me definitivamente a Gustav Klimt, e à sua modelo principal que era irmã de Wittgenstein. Fomos beber e dançar no Prater, o Danúbio ali ao lado, uma evocação do tempo dos Strauss, fomos visitar Schönbrunn, Viena é única na representação de um fausto, de um poder que decaiu verticalmente deixando lá os monumentos, os vestígios muito bem-cuidados. Foi um encanto a nossa estada lá, especialmente pela felicidade dela.

Seguimos, Rio e Brasília, anos e anos, a rotina. Ernesto, nosso segundo filho, teve um acidente grave, viajando de ônibus para Campos, ia dar um curso de direito do trabalho para um grupo de sindicatos. O ônibus saiu da estrada e bateu feio no barranco, ele foi atirado com a cabeça num ferro. Passamos lá em Macaé, onde estava hospitalizado, três dias de aflição sem saber se, mesmo sobrevivendo, não ficaria com sequelas de paralisia. Oh, o alívio é uma bênção, a gente sente como é algo sobrenatural que vem do alto. Ernesto ficou bom e não teve nada; júbilo, graça, júbilos sucessivos, as notícias boas que íamos tendo da melhora dele, meu Deus, nessas horas a gente fala em Deus.

Seguimos, como disse, Rio, Brasília, a rotina. E um dia, um dia, tinha cinquenta anos, ela disse que queria estudar. Os três filhos formados, a missão cumprida, queria ampliar-se, estudar a alma humana. Estimulei-a, claro, ela se preparou, fez um vestibular e matriculou-se no curso de psicologia da Santa Úrsula. Festejamos muito, ela encontrava um novo sentido e procurava vivê-lo.

Confesso agora a apreensão que tive com a possibilidade, eu pensei, a probabilidade de ela ter um romance jovem na Universidade. Ela era ainda bela aos cinquenta anos, feminina e madura para um aconchego amoroso com um moço carente e viril. Avaliei, entretanto, e me tranquilizei com a hipótese; se fosse o caso, ela teria a relação sem sair de casa, avulsa, sem me deixar, como faziam os homens do meu tempo. Não seria mais uma paixão de libido gritante e exigência permanente; nós tínhamos feito bodas de prata, vinte e cinco anos de amor.

Jamais poderei saber ao certo mas acho que não teve nada durante todo o curso. Ela esteve, sim, apaixonada pela ciência que tomava nas aulas. Tanto que se diplomou e quis logo fazer um mestrado, nem era tão comum ainda. E quatro anos depois fez doutorado! Era a busca do saber, o prazer da ciência.

Vivemos no Rio, a cidade querida que se apertou depois da nossa juventude, emaranhou-se em dificuldades financeiras crescentes depois que Brasília subiu, tirou do Rio a economia do poder, e assumiu o comando do País. O Rio foi perdendo então muito daquela benevolência, daqueles ares mágicos que teve no seu auge dos cinquenta. Ganhou progresso, modernidade, essas coisas dos jornais de hoje; perdeu encantamentos. A beleza, entretanto, oh, continua no ar.

Mas não pretendo narrar a nossa história neste conto; tenciono e aspiro, sim, a dissertar sobre ela e o sentido da nossa vida envolvido nela. A dissertação requer a vista de um ponto culminante, elevado no fluxo do tempo. Conheci outros casais assim, não somos propriamente raridades, mas é preciso certo grau de culminância dado pelo tempo, o tempo de convivência, de atritos de conformação, de divergências e conversas de assimilação, o tempo de aproximações para a apreciação conjunta do mundo, o tempo de formação do sentimento enlaçado. É preciso também tempo de observação e de meditação, tempo de vida pelo lado da sabedoria: "A coruja de Minerva só levanta voo ao anoitecer"; é uma das frases mais expressivas e verdadeiras de todos os tempos.

Assim foi que ela se tornou uma pensadora, não quis exercer a profissão liberal num consultório, a resolver problemas individuais de clientes pagantes, preferiu ficar na Universidade, lecionar, e ainda ajudar na administração, no enfrentamento de uma crise financeira que se levantava. Atendia, sim, pessoas necessitadas e sem recursos, participando de um grupo de psicólogos da Universidade dedicados a este fim. Era uma forma, também, de acrescentar conhecimentos pela prática. Lecionava e estudava, praticava e pensava. Três, quatro, cinco anos, chegou a ser vice-reitora, muito engajada. Esse novo engajamento, tão mobilizador, era uma nova dimensão da sua vida, conversávamos muito, era uma nova e forte componente do sentido que ela buscava: os filhos, o nosso casamento, e agora aquele novo apelo, o conhecimento, a ciência e sua aplicação humanística, a participação naquele centro de formação e de solidariedade.

Foi uma fase venturosa da nossa vida. Como ela era bonita aos sessenta anos! Mas explodiu a crise da Santa Úrsula e ela entrou num desassossego tenso e agitado: era a quebra de uma das dimensões de seu ser. Levou um tombo ao descer de uma escada de pedra lá mesmo na Universidade e fez uma lesão brutal no joelho direito, um esmagamento da rótula, ela andava um pouco pesada ultimamente, oh, um desacerto profundo, eu me desdobrei, me dediquei, acompanhei-a em tudo, o Doutor Quintela examinou, analisou o caso com cuidado e competência, e prognosticou que ela teria que passar por uma cirurgia, dias de cama, oh, que ruptura grave com o ânimo feliz que vinha tendo. Que carinho lhe dediquei, que pesar tive com aquele sofrimento dela. Caiu em depressão, claro, teve que ser tratada com remédios, era uma lesão na alma que passava além dos limites da psicologia de divã.

Restaurou-se, não preciso contar os detalhes. Só dizer da minha certeza da importância decisiva do meu amor neste processo demorado e delicado de manquejamento. Restaurou-se e aos poucos voltou à agitação. Só que veio o desfecho anunciado: a Santa Úrsula fechou. Absurdo! Completo absurdo! A Igreja podia ter salvado aquele centro de saber que era dela, ligado a ela, Igreja, a Mitra, a Cúria, sabia lá, devia ter feito alguma coisa mas não podia deixar fechar uma Universidade!

Ficou novamente deprimida, sim, não tanto quanto antes, um tempo, claro, depois esforçou-se por sair do poço e reciclar sua atividade profissional; não queria se dedicar a um consultório particular, entrar no mercado, mercadejar seu saber, não tinha vocação para isso, para uma disputa de clientes pagantes, para tratar de gente e ficar cobrando e justificando que a cobrança era importante para a valorização do tratamento, não se convencia disso e procurou outros caminhos, tinha tempo, conversamos muito, vários dias, ela não dependia daquele salário que tinha perdido.

Nossas conversas tocavam sempre no tema inesgotável da primazia da vida, suas três dimensões, a saúde, o amor e a ocupação do fazer, filosofia de todo mundo, ela tinha uma aguçada capacidade de desdobrar as expressões mais comuns, destreza adquirida com a análise. Ela cuidava bem da saúde, como eu, na alimentação, no exercício físico, na consulta médica rotineira com o Cabral, não havia muito o que discutir nem discorrer, entendíamo-nos bem no balanço entre o uso da ciência e da natureza. O amor, bem, entre nós e com os nossos filhos, corria tudo tão bem, tão assentado, tão preenchido, não havia no momento razão de especulação. Tínhamos, sim, que cuidar e manter vivo o interesse e o prazer do trabalho; este ela tinha perdido, pela fatalidade, nenhuma culpa sentia, e saiu então viva, muito viva à procura de uma alternativa. Eu ajudei, claro, éramos já uma vida só, o sentido da vida, para nós, já estava no fazer juntos.

Eu tinha uma ligação antiga com uma entidade que cuidava de meninos de rua, com dedicação e santidade. Era dirigida por uma Irmã carmelita admirável e eu havia, em várias oportunidades, conseguido recursos para as suas atividades. Ela conhecia a Associação e a Irmã, e abraçou a causa com entusiasmo, passou a dar assistência psicológica aos meninos e até a ajudá-los em tarefas escolares que eles tinham de cumprir. Havia alguns metidos na droga, e o trabalho era aí muito mais delicado, com resultados enternecedores. Recebia uma quantia modesta, por exigência da Irmã, não dela.

E eu me retirei da minha atividade de quase toda a vida, considerei cumprida a minha missão depois de tantos anos e achei que era o momento certo de sair da vida política. Isto é, da participação direta, não da militância de discutir, palestrar e escrever. E pude então me ocupar mais ainda da conjunção com o ser dela.

E não houve loucuras, não houve tragédias nem prodígios no correr dos nossos dias até o final deste conto. Fomos levando a vida como pessoas comuns, envelhecendo felizes para sempre, acreditando que o sentido da vida é a construção da própria vida, da nossa e de todos, construção no dia a dia, no amor, no trabalho e no cuidado com a sua edificação e a sua disseminação; a propagação da vida pela via natural do amor, a descendência e a cura dessas vidas seguintes, o carinho no viver com outros seres. Este é verdadeiramente o nosso conto.

Dois beijos

Benício conhecia o menino, de aleatórios encontros no elevador; conhecia a mãe, bela de se ver, mulher atraente de olhos bonitos e pele sedosa, curvas ainda viçosas e bem femininas; conhecia as duas irmãs do menino, moças universitárias cheias de encantos; conhecia o pai, e tinha tido com ele um entrevero por causa de vaga na garagem, anos atrás, tempo em que ainda tinha carro, coisa sem gravidade, bem resolvida pelo César, que era síndico na época.

Morador do quinto andar, aquele pai era major do Exército, era filho e neto de generais, e queria que o seu filho, que tinha custado a chegar, seguisse a linha familiar. E o menino precisava de um apoio para entrar com boas notas no Colégio Militar. Sabia que Benício era aposentado do Banco do Brasil e professor de matemática. Pediu que desse aulas ao Serginho.

Explicou que não era professor profissional, dedicava-se a dar reforço escolar aos meninos do Salgueiro para encher o tempo com uma atividade nobre e prazerosa. Gostava de ensinar matemática, obrigava-o a rever e atualizar o talento que tivera na juventude. Ensinava também português e ciências, e história do Brasil, lia os livros didáticos modernos e tirava horas de felicidade em subir o morro três vezes por semana para alargar a cabeça daquela meninada alegre. Levava jeito, os meninos gostavam das aulas do coroa. Bem, por que não ajudar também o filho do Major? Não faria de graça como no Salgueiro; tinha uma boa aposentadoria, não precisava de mais dinheiro mas não ficaria bem dar aulas de graça para o filho do Major.

Serginho tinha índole mansa, cordato por natureza, talvez um ligeiro hipotireoidismo, um pescoço cheio e redondo e uma consistência macia do corpo inteiro, uma figura agradável no todo mas evidentemente desajustada para uma vida militar. Oh, não ia dizer isso ao Major. Talvez até mais adiante alertasse a mãe para a questão da tireoide. Mas tinha vivacidade de pensamento, não era lerdo de raciocínio, dava para perceber logo nas primeiras aulas. Serginho era cordato, era dócil, era doce de temperamento, e era inteligente. E era belo, um menino de pele sedosa como a da mãe, com os olhos brilhantes como os da mãe, delicado e parecido com a mãe; nada com o Major.

Eram duas aulas por semana, encontrava sempre a mãe e sentiu logo uma condutividade especial nas palavras de cumprimento que trocavam. Na terceira semana conversaram um pouquinho mais, ele passou a dona Lélia suas primeiras impressões sobre o aproveitamento do Serginho e sobre a facilidade que encontrava na inteligência e no temperamento dele. Sugeriu um cuidado médico com a tireoide e por pouco não avançou na inadequação evidente para a vida militar.

Chegou a sentir que ela quase pedia um comentário dele sobre aquela questão. Impressão. Melhor não se meter. Achava que a mulher tinha com ele uma afinidade na compreensão da vida, mas não devia se meter em questões de família.

No segundo mês Benício ousou e avançou no ponto delicado, e sentiu a alma de dona Lélia a jogar-se nos seus braços, a pedir o conselho dele, a expressão de comunhão e confiança nos olhos dela, a respiração entrecortada de concordância com o que ele ia dizendo, as mãos dela a tocar as dele em agradecimento. Estavam ligados afetivamente, pronto, numa ligação que incluía Serginho sempre presente e atento, um sentimento de identificação que cresceu rápido, como se ele devesse ser o pai do menino.

Dona Lélia sempre abria a porta quando ele chegava para as aulas. Havia nos sorrisos um laço de encantamento recíproco, que foi sendo cultivado. Trocavam palavras breves sobre filmes, programas de televisão e acontecimentos do dia. Conversavam e convergiam, abraçavam-se no espaço das palavras e dos pensamentos. Benício depois revia e analisava aquele sentimento: não havia nele desejo sexual, amor de corpo, embora visse em dona Lélia uma mulher bonita e atraente. O que era aquilo, não sabia bem, mas era a coisa mais agradável da vida naqueles tempos.

E corriam as aulas, Serginho mostrava bastante aptidão, respondia e acertava quase sempre, resolvia equações e problemas com desenvoltura, tinha boa visão de geometria, ia bem, prestava atenção, olhava para ele diretamente, em silêncio, olhava com admiração, com um certo enlevo que o tocava. Diferente. Benício se desvencilhava, refugava aquela atenção que lhe perturbava a concentração, sacudia o pensamento e buscava novas questões, folheava o livro. Em casa, pensava também naquele estranho comportamento que estava virando outro enlaçamento. Esquisitíssimo. Revia na imaginação os braços de Serginho, a pele alva e macia, suas mãos delicadas apalpáveis, as faces suaves e a boca de Serginho, tão feminina, igual à de dona Lélia. Era grande a perturbação que lhe traziam aquelas aulas. Crescente.

Aquilo findou por dominá-lo, a mulher perguntava aflita o que ele tinha, e não era nada, não era nada, era a perturbação inconversável. E quando Serginho solucionou bem o sistema complexo de equações e ficou olhando para ele, como a pedir que o beijasse, Benício descontrolou-se, beijou a boca do menino demoradamente, silenciosamente, prazerosamente, e correspondidamente. Terminou e não soube mais o que fazer; pediu desculpas a Serginho, que continuou olhando-o com o mesmo significado indizível. Arrumou os livros na pasta e disse que tinha de sair, que não se sentia bem. Bateu a porta sem se despedir de dona Lélia.

Nunca mais. Estava decidido, nunca mais, ia pensando, procuraria o Major e diria que Serginho não precisava mais, sabia o bastante para levar fácil o Colégio Militar, e que ele, Benício, havia sido chamado para ajudar e dar aulas a um sobrinho, não podia negar e não podia atender aos dois. O Major compreendesse, claro ia compreender, até porque não tinha outro jeito.

E dona Lélia? Ah, o problema maior.

Se pudesse mudar de casa, nunca mais vê-la, fugiria sem pestanejar. Mas tinha de enfrentar. Pensou dois dias e subiu ao apartamento dela de manhã, no horário de colégio e faculdade dos filhos. Sereno e cuidadoso, e carinhoso, verdadeiramente carinhoso, não precisava fingir nada, construiu a sua explicação, disse do seu amor por ela, tirou da alma aquele amor, era fácil dizer algo que poderia sentir perfeitamente, seu amor incontrolável, e impossível para ambos, não ousava, nunca ousaria pedir a correspondência dela, ambos tinham famílias indestrutíveis. Pediu perdão pela decisão de fuga que tinha tomado, e vinha lhe dizer com o coração dilacerado. Não chegava a ser fingimento, não era difícil dizer aquilo tudo no tom de verdade convincente.

Dona Lélia não disse nada; sentada na poltrona de frente para ele, escutou, e os olhos lhe foram marejando, uma lágrima escorreu, Benício levantou-se, percebeu que tinha de sair, sem saber como, pediu que desculpasse mas não podia mais ficar ali, deu-lhe a mão para que ela se erguesse e se despedissem. Ela levantou-se e ficou olhando-o de frente, o olhar de amor franqueado e desatado. Abraçaram-se. Beijaram-se. Silenciosamente. Demoradamente. Não voluptuosamente mas muito amorosamente.

Teve ainda a conversa com o Major Sérgio. Curta e objetiva. E sincera, não foi difícil. Benício lhe disse cordialmente, quase fraternalmente, que achava que Serginho tinha grandes talentos, inteligência e sensibilidade, mas não para a vida militar. E o Major Sérgio escutou. Com interesse, não com revolta. Deu para perceber que ia pensar honestamente no assunto.

A BRIGA

Desde sempre, o colégio ensina ao menino as formas e as normas da segunda natureza do seu ser: o conviver com os outros civilizadamente, o tolerar, o compreender outras razões, o conversar com os outros. Lá também, entretanto, fica o menino sabendo que deve estar preparado para o confronto, quando falha o entendimento, o confronto físico que a dignidade às vezes exige.

O colégio faz a forração externa das pessoas, tão decisiva nas apresentações da vida. É certo que o estofo mais interno vem de casa, já chega feito ao colégio, o menino menos ou mais inseguro, tenso, alegre ou melancólico, em parte feito pela própria natureza, pelos genes dos pais, alto ou baixo, gordo ou magro, belo ou não. O colégio faz todavia um complemento valioso, capaz de alterar o destino das pessoas no mundo, para cima ou para baixo, minorando ou agravando fraquezas interiores do próprio menino. O colégio forma as aparências e as eloquências, ensina as leis da convivência: conflitos devem ser resolvidos pela arbitragem da autoridade; mas ensina também regras próprias da integridade e da honradez: é feio apelar para o inspetor; como é feio ter medo e fugir da briga, do duelo, quando a dignidade é convocada.

Isso já era assim nos tempos dos mil-réis. Arthur e Agenor tinham uma briga aprazada. Eram amigos, mas numa brusquidez de movimentos, natural do esporte, saiu um xingamento de Arthur atingindo a mãe do amigo, que bem podia ser uma banalidade entre adversários da bola, não tivesse Agenor uma sensibilidade especial em relação à figura da mãe, sem que o outro soubesse.

Virou uma contenda: retira, não retiro, o dia inteiro, até a exigência: se não retirasse até o fim da manhã seguinte, ia apanhar na saída. E, na embrulhada entre razões da honra e assombrações do medo, Arthur se remoeu a tarde e a noite, continuando pela manhã seguinte. Tinha medo, sim, era muito maior, mais pesado, mas Agenor era mais ágil e sabia de golpes e lutas. Mas retirar o dito, não podia, mostrava o medo, perdia a dignidade.

Remoeu-se e suou frio, desgastou-se, a manhã passou depressa e, ao fim do tempo, Agenor ainda perguntou ameaçador:

— Retira?

Ainda tentou a paz:

— Não quis ofender mas não posso retirar por covardia.

— Bem, então vai ter porrada.

O colégio todo sabia, Agenor tinha tratado de avisar, e todo mundo estava do lado de fora esperando o momento. Arthur foi quase o último a sair, as pernas faltas de firmeza, a pasta na mão e o olhar trêmulo que não enxergava. Mas percebia a multidão expectante e o desafiante na calçada a alguns metros esperando, um vazio em volta dele. Percebeu mais um detalhe, entretanto, decisivo: viu que Clecy estava presente e observava. Clecy, que ele amava e que o evitava. Clecy.

Transpôs o portão, e Agenor se aproximou. Clecy: Arthur então não cogitou, largou a pasta no chão, fechou os olhos e como um touro partiu gritando em energia na direção do inimigo. Não o atingiu: abriu os olhos e viu, do outro lado da rua, Agenor que tinha fugido daquela massa ululante em atropelo.

Compreendeu num átimo, tinha vencido. No mesmo instante, veio o sentimento generoso:

— Ô cara — gritou. — Está bem, eu retiro!

O FOTÓGRAFO

Não era profissional, mas amador enlevado e dedicado, de muito tempo, àquela arte; ultimamente ligado à natureza, pássaros e belezas vegetais, não mais aos instantâneos de pessoas e situações evocativas. O Jardim Botânico era o melhor cenário de fundo: todo sábado pela manhã ele passeava durante horas de câmera na mão e olhos bem atentos, caprichosos. Começava bem cedo, antes das sete, era sócio e podia entrar naquele momento em que, quase só, desfrutava todo o verde, com as emanações e as cores mais puras, o frescor e os animais em liberdade, antes mesmo dos colegas, vários, alguns com tripés e equipamentos mais sofisticados, que vinham também naquele horário que precedia a abertura, às oito, dos portões aos visitantes em geral.

Era a pureza da Criação que tinha diante dos sentidos, e registrava as imagens com calma e meticulosidade, fruindo os aromas e as brisas, bebendo a água fresca das fontes de ferro fundido com auxílio de um copo de plástico que levava na mochila. Sentia o deleite, o aprazimento completo de um homem em plenitude. E gostava também do reconhecimento: por duas vezes havia conquistado prêmios nos concursos do Jardim Botânico; uma vez o primeiro prêmio, com a foto de duas saracuras se atropelando sob o jato de uma ninfa que despejava água de um cântaro. Enviava fotos aos amigos e admiradores e recebia com agrado aplausos e agradecimentos.

E naquele sábado, passava já das oito e meia, ia saindo quando viu e parou num ato reflexo: viu que ingressava no herbário a mãe com a garotinha encantadora de vestidinho curto cor-de-rosa. Ele tinha acabado de beber água na bica da saída e, instintivamente, voltou-se como para beber mais e simulou um escorregão e um tombo à beira da fonte de ferro. Inexplicável, completamente irrefletido e involuntário o gesto, o movimento que se iniciou simulado e findou por ofender-lhe a mão que amortecera a queda para proteger a câmera. Sentiu a dor e teve que procurar socorro médico mais tarde, para constatar que havia fraturado um dos pequenos ossos da mão. No momento, entretanto, o instinto que autonomamente comandara os movimentos venceu, obteve o resultado, a moça largou a mão da filhinha e acorreu na ajuda.

Só então Ramalho deu de si, isto é, após alguns segundos de retomada. Conscientizou por inteiro a razão que motivara o mover incontido do seu corpo: a beleza extraordinária daquela mulher. Nada de cinematográfica, exuberante ou luxuriosa, era uma beleza jovem indescritivelmente pura, irradiava uma aura, como se fosse a própria imagem da ideia platônica de beleza, transcendente, a forma pura de mulher. Compreendeu então toda a agilidade do reflexo do seu corpo, ou do seu espírito comandando o corpo, algo acima da sua vontade consciente. Tinha de tirar uma foto daquela mulher, daquela imagem primeira e única.

Ramalho era um homem de firme senso comum, era um engenheiro como são os engenheiros, que estudam Física e desenvolvem o bom-senso profissional. Mas tinha sensibilidade apurada, tinha sentidos e ademanes levemente afeminados, que se refletiam no jeito e num modo de falar que inspirava delicadeza, mesmo quando tinha a firmeza das afirmações seguras de um engenheiro. Falava de máquinas, de estruturas e processos químicos em tonalidades que adquiriam certa beleza que não era comum nesses atos de fala. Falava de lentes e dioptrias em palavras técnicas que refletiam um forte senso estético. A beleza era o seu motivo maior. Era a sua busca. Sua câmera não era das mais avançadas tecnologicamente, nenhuma lente majestosa, mas era manejada com a sensibilidade e a precisão do artista da imagem.

Aproximou-se um guarda, funcionário, chamado pela moça e o levou a sentar-se no banco mais próximo. Percebeu que a moça se movimentava para despedir-se e iniciar o seu passeio, já que ele estava atendido por quem podia ajudar mais do que ela. Percebeu e novamente seu corpo falou com agilidade maior do que seu pensamento. Dirigiu-se a ela sem rodeios, perguntando se morava longe dali, já que, frequentando havia vários anos, nunca a tinha visto no Jardim Botânico.

Bem, era uma moça educada, hesitou um ou dois segundos em busca da compreensão do momento, da natureza daquela pergunta, do caráter do homem à sua frente, intuiu naturalmente que a resposta conduziria a outra pergunta e a uma conversação que nada tinha a ver com o pequeno acidente, que era um intuito dele. Processou todas essas avaliações na mente enquanto respondia, de forma neutra, sem simpatia nem aversão, enquanto chegava a si a menininha que se enroscava nela. Olhava Ramalho nos olhos, avaliava e ia dizendo que era de Florianópolis, que estava ali de passagem na casa da irmã, que morava na Lagoa.

Com efeito, vieram outras perguntas, a forma ovalada do rosto era perfeita nas proporções, os cabelos escuros, quase pretos, caíam distraidamente sobre a testa bem clara, a claridade dela toda, se era a primeira visita ao Rio, ao Jardim Botânico, o ponto mais encantador da cidade, que com certeza voltaria a passear ali todos os dias da sua permanência no Rio, os olhos eram castanhos mas esverdeados, uma cor cheia de luz.

Havia obviamente um intuito e ela sentiu o impulso de saber qual era, respondia no tom neutro, não alimentava mas deixava prosseguir, podia pretextar a impaciência da garotinha e pedir licença educadamente, mas sentiu o impulso, estranho, de conhecer o ponto de chegada daquele rodeio de indagações triviais feitas com uma brandura incomum. Algo inusitado movia sua mente em muitas direções a tatear com interesse o ponto objeto daquele homem que era, sem dúvida, não apenas educado e sereno mas também diferente na conversação amena que prosseguia.

Ramalho não fazia esforço de convencimento, era natural e cuidadoso ao indicar aprazíveis e belos recantos do herbário, flores, aromas, o porte era gracioso e natural, as curvas perfeitamente femininas e as pernas bem desenhadas entre o meio joelho que aparecia, formoso, e os pés delicados, bem tratados, entrevistos em sandálias de salto baixo, olhava a menininha com encanto mas não se dirigia a ela. O funcionário retirou-se ao fim de algum tempo e Ramalho percebeu a iminência do momento em que ela ia também tomar seu rumo. Não podia perder sua oportunidade maior e única. Sentiu que havia conquistado, se não a simpatia, uma certa dose de confiança, um julgamento benevolente dela que propiciava o risco do lance. Pediu-lhe então, de chofre, um minuto de atenção.

O pedido entrou direto em ressonância com o desejo dela de conhecer o intuito dele. Aquele desejo curioso que a tinha mantido em conversa alguns minutos a mais do que seria de admitir nas circunstâncias. Entrou de tal forma que Ramalho captou a sutilíssima agitação, as micro-ondas daquela radiação que vinha dela, a cor da pele, que era luminosa, resplandeceu por um segundo.

Ajeitou-se no banco; durante todo esse tempo de conversa ela havia permanecido de pé e ele sentado; obviamente na sua condição de acidentado. Fez um pequeno esgar de dor ao se ajeitar e segurou a mão ofendida, como a lembrar seu sofrimento e obter um pouco mais de indulgência.

E falou, foi direto. Ou quase direto, divagou muito rapidamente sobre sua paixão de vida. Não importava quem ele fosse na sociedade, não tinha dito nada sobre sua condição familiar, sobre seu sólido emprego na Vale do Rio Doce, importava sua paixão pela fotografia, pela captação do belo em seu sentido mais diverso e completo, que o trazia havia anos ao Jardim Botânico. Isso foi o que disse, diretamente, com uma vibração que tinha a serenidade e a maturidade do seu ser, que ela absorveu com um sentimento emergente e raro de fraternidade, uma afetividade repentina e generosa que logo compreendeu, antes de ele dizer explicitamente, logo percebeu o que buscava, o intento dele, o desejo dele, que era fotografá-la.

Explicou que entregaria a ela os negativos, e as fotos seriam dela; que não faria nenhum uso daquelas que ficassem com ele, sem a permissão dela. Só pedia confiança.

Ela sorriu. Sorriu ele também ao entender o sorriso dela; sorriu o corpo dele todo apesar da mão dolorida. Havia recebido a Graça.

O PORTEIRO NEGRO

Não é comum na profissão a raça bem explícita, a africanidade sem miscigenação; pelo menos na Zona Sul é incomum. Já escutei que os nordestinos brancos, chamados de paraíbas, dominam o setor e o sindicato, reservam o nicho profissional para a sua gente e apregoam junto aos moradores sua qualidade essencial, característica daquele meio sertanejo, que é a lealdade firme aliada à sagacidade, fundamentais num bom porteiro. Aí pode haver alguma verdade, mas o proprietário da Zona Sul é branco e prefere conviver e tratar com brancos; isso vem de tempos, sabemos, e se vê claramente em todo o comércio desses bairros mais chiques. Exceções, sempre há: a doméstica, a mucama, a cozinheira que é feminina e dócil, e sempre teve doçura, na cozinha e na cama, sempre foi bem aceita, desde antes de Gilberto Freyre.

Pois Pedro era bem negro de raça, mas tinha qualidades: agilidade de corpo e de mente, limpeza, educação nos modos, força física; na tarde do apagão, tinha carregado no colo a senhora velhinha do quinto andar pelas escadas. Confiança? Aquela firmeza de caráter dos paraíbas? Bem, dona Judite jurava por ele.

Pedro, entretanto, tinha a paixão do jogo: eis o perigo. Era tudo quanto é jogo: loterias várias, uma em cada dia da semana, bicho, pelo menos duas vezes por dia; carteado todo domingo naquela pracinha da Maria Angélica com Alexandre Ferreira. Ganhava às vezes, acertou num milhar e comprou um carro de vinte mil reais, que estímulo! Que perigo. Mas dona Judite garantia o caráter, conhecia bastante, tinha carregado Pedro no colo, filho de uma cozinheira de sua mãe.

A paixão do jogo era também do carro, teve mal-estar pesado com o síndico porque pretendeu guardar o carro num cantinho da garagem do prédio. Não podia. Deixava então na rua mesmo, muito preocupado, toda hora ia olhar, na calçada da beira do canal, um certo risco, e no sábado de manhã ia dirigindo em plena felicidade para Cabuçu, onde morava sua velha mãe com duas filhas. Uma vez teve briga feia com dois foliões de bloco de carnaval. Pedro ficava inquieto quando coincidia de ser dia de bloco na Alexandre Ferreira um sábado em que dava plantão no prédio. Pois flagrou dois foliões fazendo pipi, um em cada roda do carro. No meio do bloco, aquela animação alegre, viu e partiu para cima, agarrou e jogou ao chão um dos porcalhões, partiu para o outro feroz e foi agarrado por uns dez carnavalescos deixa-disso.

— Porcalhões! Vão pegar uma estopa com água e limpar!

— Quá, quá, quá! Porra nenhuma! Essa merda de carro é para se mijar mesmo!

A berraria foi grande, furiosa e demorada; mas era muita gente alegre a separar a briga, a música continuava dominante e o bloco seguiu o curso, levando os dois, aliviados, cercados de protetores deixa-disso. Pedro ficou ruminando rouco por algum tempo; pegou ele mesmo a estopa molhada e limpou. O carro era a sua joia.

Doutor Mário, o síndico, não tinha muito apreço pelo porteiro mas não pensava em substituí-lo. Era o jeito de falar do Pedro que não lhe agradava, engolia metade das palavras, falava aos arrancos, muitas vezes tinha que pedir que ele repetisse, aquilo parecia uma falha de articulação mental, Pedro era meio avoado, fazia as coisas direito mas esquecia algo com frequência, faltava-lhe um pouco de atenção. Mas não chegava a ser motivo para demissão, era uma pessoa de confiança, dava para conviver com ele, e achava que a figura do negro, com mais de um metro e oitenta, infundia respeito a ladrões e vigaristas, tinha suas vantagens, não era para demitir, inda mais que o porteiro tinha onze anos de casa, a indenização seria grande, ia levando. Não gostava, entretanto, nem um pouco, da figura do bicheiro que de manhã e de tarde vinha escrever o jogo do Pedro ali na porta do prédio, era uma intimidade que incomodava. Tinha falado com o porteiro, não queria mais aquilo, Pedro corria até a pracinha e fazia o jogo lá, também não era bom porque deixava vazia a portaria, mas eram cinco minutos, bem, o síndico fechava os olhos mas não deixava de reclamar, vez por outra algum morador se queixava, era uma tensão permanente aquela jogatina.

Até o dia do molho de chaves. Dona Iracema, do segundo andar, que não gostava nada da figura do porteiro, ficava da janela a vigiar-lhe os passos e a comentar com a Lélia, sua cozinheira, com o Luiz Olavo, vizinho de porta, e até com o doutor Mário as figuras esquisitas que vinham procurar o Pedro na frente do prédio e a conversa de cochichos que ele mantinha com aquela gente. Pois dona Iracema voltava do mercado com a Lélia, pelas onze da manhã, abriu o portão da grade externa e, ao encaminhar-se para a segunda porta, a do hall do elevador, viu jogado no chão, ao lado do grande vaso de antúrios, o grosso molho de chaves do prédio, que era do porteiro: umas dez chaves, as duas principais da entrada e mais as do playground, as da casa de máquinas, as dos quartos de guardados do subsolo, a do quarto dele, com certeza, sabia-se lá de onde mais, ficou olhando e esmiuçando o conjunto pesado na mão, eram nove chaves; todas jogadas ali no chão, olha o perigo! Alguém com uma vara puxava aquilo, abria o prédio, podia tirar cópias, olha o perigo!

Levou consigo o molho, para mostrar ao doutor Mário quando ele chegasse no fim da tarde; de prova, a prova do desleixo e da irresponsabilidade!

Oh, o dia infernal do Pedro! Caíra-lhe o molho do bolso quando subia os degraus da escada de madeira que tinha usado para ajeitar o suporte do ar-refrigerado do salão do play que estava vibrando e fazendo um barulho esquisito. Sentira e escutara a queda das chaves no meio da subida, tinha visto onde haviam caído e ali as deixara ficar para apanhá-las quando descesse após o conserto. E não sabia como nem por quê, porque era um avoado, um cabeça-tonta, ou porque estava pensando no milhar em que ia jogar à tarde, o fato é que concluiu o que tinha de fazer, desceu, retirou a escada e se esqueceu das chaves no chão. E depois, quando se lembrou e foi procurar, oh, procurara por todos os lados, as chaves haviam sumido!

Existe a palidez na pele negra; Pedro ficou branco de um temor vago e paralisante, não sabia bem de que, o temor da culpa, um temor que lhe tirava todas as ideias: de repente, um cadafalso se abria e ele não sabia o que fazer. A primeira reação foi intestinal, a cólica violenta que o fez correr ao banheiro. Depois a confusão na cabeça, a gagueira mental que o impedia de falar, que travava aquele arranco das palavras que era dele, o não saber o que fazer, o recolher-se ao quarto, dar parte de doente, até voltarem as ideias. Não almoçou nem reapareceu após o horário do almoço. Só lá pelas duas da tarde, ocorreu-lhe que algum morador que tivesse entrado pudesse ter recolhido as chaves. Mas quem? Bater às portas, um por um, perguntando? Ia alarmar todo o prédio com o sumiço das chaves. Nem de longe podia imaginar que teria sido logo quem? Sua inimiga número um! Não; na verdade imaginou, sim; o que elevou muito a sua aflição; só podia ter sido ela; outro qualquer teria procurado por ele para devolver.

Adoeceu de verdade e passou a tarde na cama, até perto das sete horas, quando sabia que o síndico voltava, tinha de falar logo com ele, não havia alternativa.

Falou, explicou tudo, como as chaves lhe tinham caído do bolso quando ele subia na escada e como não as tinha encontrado no lugar depois que foi guardar a escada. Omitiu o esquecimento por quase meia hora. A gagueira era oclusiva. Travava as palavras, custou a concluir o relato. Doutor Mário era engenheiro de obras, tinha o conhecimento instintivo do ser humano que comandava na organização e na realização das tarefas. Pensou que algum morador devia ter encontrado as chaves no chão e concluiu, rápido, para si mesmo, que, não tendo procurado o Pedro para devolvê-las, devia ser quem não gostava dele e haveria de incriminá-lo, dona Iracema.

Mal entrou em casa, o telefone tocou chamando-o: era dona Iracema, que da janela havia visto e observado a chegada dele e a conversa nervosa do Pedro, e foi logo contando a sua versão do acontecido, para exigir: "Temos que demitir esse rapaz!"

Doutor Mário viu que era chegada a hora de enfrentar aquela questão, e disse que tinha de convocar uma reunião extraordinária do condomínio.

Foi tensa a reunião, como era de esperar.

Todos compareceram e todos mais ou menos já sabiam do ocorrido, relatado de boca em boca por telefone e por pessoa. Todos conheciam o clima em favor da demissão, uma inclinação que já tinha tempo, sempre agravada por dona Iracema, e também pelo Luiz Olavo, talvez influenciado por ela, uma tendência que já se teria efetivado não fosse a questão da indenização e, principalmente, a resistência tenaz de dona Judite. Havia, também, a benevolência do sr. Cândido, que relutava exatamente porque via naquela tendência uma feição de racismo que o indignava.

Todos já sabiam, mas o síndico iniciou a reunião com o relato que todos escutaram sem perguntas. Nomeou, inclusive, quem tinha achado as chaves e as tinha entregado a ele, síndico. Ninguém perguntou por que não havia entregue ao próprio Pedro, porque todos já sabiam. Só dona Judite, calada, flamejou pelos olhos.

Doutor Mário disse que havia a sugestão da demissão, que ele mesmo achava em princípio recomendável, diante não só do acontecido mas de outros desleixos anteriores, e principalmente da conhecida relação do Pedro com o jogo. Mas queria ouvir os condôminos, informando desde logo que a despesa com a indenização montaria a algo perto de vinte mil reais.

Dona Iracema não precisava falar. Esperou, sabia quem ia falar primeiro depois de um curto silêncio com troca de olhares. Dona Judite então pediu a palavra e disse que achava que todos poderiam se arrepender muito, depois, já que o Pedro, distraído, sim, e com algumas fraquezas, era entretanto uma pessoa de total confiança, que dava tranquilidade ao prédio, coisa cada vez mais importante e difícil de achar hoje em dia.

— Pois tranquilidade é o que se tem menos com esse porteiro que só pensa em jogo, todo mundo sabe o que é este vício — rebateu então dona Iracema, com o tom que todos já esperavam.

— Pessoas que têm maldade no coração não podem ter mesmo tranquilidade, seja qual for o porteiro... — veio a resposta. — Mas acho que não é o caso da maioria aqui.

Pronto, tinha começado o esperado duelo. Dramático, todos sabiam que seria, eram anos de raiva represada, só não esperavam que crescesse tão rapidamente. A barragem da civilidade se rompia logo no início.

— Pois aqui todos sabem da sua proteção ao Pedro, só não se sabe o que ele tanto faz na sua casa.

— O que está querendo dizer com isso?

— Não estou querendo dizer nada, estou dizendo que todos sabem que o Pedro almoça quase todo dia na sua casa.

— Almoça, e daí? Ele merece.

— Janta também.

— Não janta nunca porque lá em casa não tem jantar, eu só faço um lanche.

— Dorme, parece que merece também.

— O que é isso?! — Dona Judite levantou-se da cadeira.

Palavras e gestos de ambos os lados trocavam descargas elétricas que excitavam incontrolavelmente as duas partes e toda a sala, impossível colocar um anteparo, ninguém tentava, na verdade, só o doutor Mário não estava excitado mas assustado com a iminência do choque maior dentro da sua casa.

— Eu não sei o que é isso — prosseguiu dona Iracema —, e nem quero saber; tive uma mãe que me educou, graças a Deus, me ensinou a não ser grosseira. — Havia qualquer referência que raspava pela mãe da dona Judite.

— Pois eu vou lhe ensinar a calar a boca!

Partiu em direção à dona Iracema e só não atingiu a meta porque doutor Mário jogou-se no meio e a conteve com energia. Com energia levou-a à porta, abraçando-a, chamou o elevador, abraçado a ela, garantindo que nenhuma decisão seria tomada ali, colocou-a no elevador, pedindo calma, muita calma, voltou ao apartamento onde todos, calados e estupefatos, aguardavam, dona Iracema respirando vitoriosa. Pediu desculpas e declarou encerrada a reunião pela impossibilidade de uma decisão, por falta absoluta de clima; marcaria outra reunião futuramente, pedia muitas desculpas, e todos foram saindo e se despedindo consternados. Consternados mas levando no outro lado da mente um certo comprazimento com o excitante espetáculo ao vivo que haviam presenciado.

Pedro não foi demitido. Reforçou sua atenção no trabalho e na obsequiosidade com os moradores, até mesmo com dona Iracema, de forma mais cerimoniosa. Até incomum nos modos de um porteiro. Como incomum era um porteiro tão africanamente negro e brilhante na Zona Sul do Rio de Janeiro.

Marchas antigas

Uma voz cantava ao longe, mas era nítida, e bela, e clara, era voz masculina de tenor, cantava marchas antigas de carnaval, a "Florisbela", o "Malmequer", as "Pastorinhas", a mais comovente de tão bonita. Sérgio Lúcio parou, sem nenhuma atenção mais na extensa página de mensagens da sua caixa de entrada, na função matinal que exercia de conferir o que vinha pela internet, abrir e ler algumas de maior interesse, rejeitar outras que não chamavam por sua leitura; a voz, sim, chamava o seu ser, conhecia aquela voz de quase toda manhã, que vinha de um apartamento alto do edifício vizinho.

Era um afeiçoado, mais, Sérgio Lúcio era um enamorado mesmo de vozes cantantes, como aquela que afeitava muitas vezes suas manhãs. O canto era a expressão musical primeira do ser humano, a mais humana e sublime das expressões musicais, um fluxo de vibrações que vinha diretamente da alma, aquela que mais profundamente lhe penetrava e enlevava o ser. Tinha estudado canto na juventude, tinha aprendido a manejar a voz e tirar dela os sons da emoção envolvente, sabia analisar e valorizar uma voz cantante.

Era diferente naquela manhã, porque em vez de arpejos e escalas de exercício, e das árias italianas e francesas de sempre, cantava marchas de carnaval que chamavam lembranças ainda bem vivas, de infância, quando cantava com Bernardo, o irmão mais velho, para o público familiar na casa do avô: pais, tios, primos e avós, guardava ainda a antiga sensação de enfunar a alma com aquela atenção especial sobre ele. Faziam uma dupla, como Joel e Gaúcho; Gisela, a professora de piano, ensinava a segunda voz que Bernardo cantava sem muita musicalidade mas corretamente, enquanto ele, Luiz Sérgio, fazia a melodia principal com a sua voz apurada que mais encantava os ouvintes, ele sentia.

Cantavam numa sala escura e não muito grande, sempre fechada e separada por uma cortina verde da adjacente sala de estar ampla, viva, onde se conversava em família aos domingos. Aquela era uma sala de visitas que abria para a frente da casa, mobiliada com mais cuidado e preservada do uso diário. E era ali que, sentados em duas cadeiras postas como num palco, eles se apresentavam quando a mãe abria a cortina para a sala de estar onde todos esperavam. Levantavam-se e agradeciam as palmas, como dois artistas, oito e dez anos tinham, mais ou menos; sentavam-se e logo iniciavam o espetáculo, duas ou três peças, ensaiadas com Gisela, e recebiam a bênção das palmas que até hoje ele guardava num dos valiosos escrínios da alma.

Aurora, se você fosse sincera, um lindo apartamento com porteiro e elevador, e ar refrigerado para os dias de calor, isso nos anos trinta era um sucesso, geral e particular deles dois, como Joel e Gaúcho. Um pierrot apaixonado que vivia cantando e acabou chorando por causa de uma colombina, era o que ele, Luiz Sérgio, cantava com mais sentimento, mais que sentindo, vivendo mesmo a tristeza irremediável do pierrot, o que era captado e emocionava os ouvintes. Oh, vivências e recordações preciosas evocadas pelo encantamento daquela voz vizinha.

Parou completamente a contagem do movimento e transportou-se inteiro ao passado, para aquela sala de visitas obscura e misteriosa: tinha a porta da frente, para o jardim e a rua, e a porta de trás, que dava para a sala de jantar, ambas sempre fechadas; tinha a janela do lado, também sempre fechada, e na outra parede a grande abertura para a sala de estar, igualmente fechada pela cortina verde. Era menino, impressionável com aquele ambiente misterioso, com um sofá e duas poltronas de veludo verde-escuro, a mesa com objetos de prata embaçados, algo como um aparelho de chá, e, notadamente, as duas coisas que mexiam suas entranhas de medo: o quadro do Rigoleto e a granada da Revolução Paulista.

O quadro era escuro como a sala, difícil distinguir seus detalhes, um homem deformado, não só corcunda mas de face distorcida e olhar desvairado, segurando um chocalho, vestido muito estranhamente, como uma espécie de palhaço, o bobo da corte, aquele que divertia o rei e os nobres, lhe disseram, figura dos tempos antigos das velhas monarquias. O avô explicou melhor o que era, o que representava, no dia em que viu o olhar siderado de Luiz Sérgio sobre o quadro: era um personagem de uma famosa ópera italiana, o Rigoleto, que vivia uma tragédia e cantava árias lindíssimas até hoje encenadas e adoradas. Aquele quadro retratava um grande barítono do fim do século dezenove no palco, caracterizado como Rigoleto, o nome da ópera e do personagem, que era, como disse, um bobo da corte, uma espécie de humorista e satirista daqueles tempos. E disse mais, assim como fazem certos avós que, mesmo carinhosos, querem ser hieráticos, e sentem não sei que prazer meio sádico em impressionar os inocentes, produzir neles o choque do assombro, indelével. O avô disse, seriamente, que à noite, quando todos dormiam, aquele Rigoleto descia do quadro e andava pela casa, à procura da sua filha que, na ópera, tinha sido assassinada. Por isso ele, avô, nunca tinha permitido que qualquer menina, moça, dormisse na sua casa desde que aquele quadro estava lá: o Rigoleto podia levá-la pensando que fosse sua filha. Quem sabe se, velho como estava, o Rigoleto de repente podia confundir uma menina com um menino. Brincadeira de muito mau gosto, gozação maldosa e gratuita da ignorância de antigamente, e até agora Luiz Sérgio ainda podia estremecer daquela velha ameaça.

O outro objeto misterioso era uma granada de mão, obviamente esvaziada do conteúdo explosivo e encimada por uma bandeirinha paulista, para servir de relíquia da luta da Revolução Constitucionalista de 1932. E realmente naquela revolta tinha havido luta, e numa das batalhas, relatava-se, havia morrido Tancredinho, o filho mais novo do avô, irmão da mãe de Luiz Sérgio. Estudante de Agronomia em Campinas, tinha se apaixonado pela causa paulista e engajara-se na tropa revolucionária, para morrer estupidamente, em plena juventude, para desgosto irreparável dos velhos avós.

Com este assunto, o avô evidentemente não brincava, mas o próprio Luiz Sérgio construía a analogia e imaginava que toda noite Tancredinho, que ele só conhecia de retratos, vinha buscar a sua granada, que poderia, lançada a tempo, tê-lo salvo do ferimento mortal.

Eram lembranças, desse tipo que suscita uma emoção serena; lembranças fortes de menino envolvidas nos bálsamos do tempo. A boa lembrança: o entono que inundava seu corpo por dentro e brilhava nos olhos, quando terminava a peça, sabendo que havia cantado bem, e recebia as palmas sentindo que eram verdadeiras. E aquela outra, aflitiva, do enfrentamento, toda vez que entrava naquela sala e sentia um tremor na espinha disparado pelo contato com os arcanos daquela atmosfera obscura, concentrados ali naquele quadro e naquela granada. Entrar naquela sala não era uma proibição, mas era algo que ninguém fazia, simplesmente porque não havia nunca nada a fazer ali, senão, talvez uma vez por semana, passar um espanador e um pano, acendendo a luz, sem sequer abrir a janela.

Luiz Sérgio parou de vez diante do computador; a contagem do movimento começou a retroceder, e ele deixou correr o impulso e começou a cantar, em falsete, depois na voz, pianíssimo, depois piano, e logo médio e forte, a toda voz, era bela ainda a sua voz, e clara, de tenor, como a que escutava. Em uníssono começou a cantar "A Jardineira", que era muito mais bonita que a camélia que morreu. A vida vivia de novo, linda.

O DOCEIRO DA CUPERTINO

Passo ali com muita frequência nas minhas caminhadas matinais, na esquina de Humberto de Campos com Cupertino Durão; dei e recebi vários bons-dias antes da primeira conversação, que versou sobre futebol, porque eu usava, no dia, uma camisa do Botafogo e ele é vascaíno, falamos mal do Flamengo, nosso ponto de encontro, eu e o doceiro Waldemar, perguntei-lhe o nome.

Ele não tem a perna direita, perdida há oito anos numa queda de motocicleta, ao tempo em que era motoboy. E todo dia sai antes das seis da Rocinha, onde mora, e vem de muletas, com a mulher, caminhando, ela empurrando um carrinho de mão cheio de doces feitos por ela mesma. Montam aquele tabuleiro-barraquinha na esquina e ele fica o dia a vender, fazendo um pregão assim de hora em hora, uma melodia sobre cocadas, bolo de aipim, bolo de milho, papa de milho, bolo de laranja. O tabuleiro é uma caixa com tampo de vidro e uma resistenciazinha elétrica que mantém um calorzinho nos bolos. Se a venda vai muito bem pela manhã, ele avisa por celular e a mulher traz uma reposição para a tarde. Às seis horas ele encerra, desmonta tudo com a ajuda da mulher, que vem toda tarde, guarda a barraquinha no edifício em frente e voltam para casa. É longe, eles voltam de ônibus. Tudo bem, mas por que não fica num ponto mais perto da Rocinha? Bem, respondeu, ele trabalhou muito para o doutor Rodrigo, era o motoboy do escritório, e ali em frente, no segundo andar, mora o antigo patrão que guarda a barraquinha e deixa ele ligar a eletricidade do calorzinho.

É um homem muito bom aquele doutor Rodrigo, mantém aquela ajuda de apoio e ainda compra doces quase todo dia, gosta muito do bolo de aipim, é do Espírito Santo e diz que na terra dele se apreciam muito o bolo de aipim e a papa de milho, desde menino ele degustava essas coisas. E elogiava o doce da Terezinha: "Sua mulher tem mão de campista", dizia. Quando não sai com pressa, para ali de manhã e conversa, gosta de conversar, fala de Cachoeiro do Itapemirim, isso era o que mais agradava a Waldemar, a atenção do doutor, a conversa serena e sábia, engraçada muitas vezes, com anedotas, lembranças, sabia de coisas aquele homem.

— Dei sorte no azar, seu Abreu.

Não sabia o meu nome, me chamava assim por causa do Loco Abreu, um atacante do Botafogo que dizia se parecer comigo.

— Dei sorte de não perder a fala, podia ter batido com a cabeça na queda, podia ter ficado cego, ou sem fala, a perna é o de menos nisso tudo, a vista e a fala é tudo, seu Abreu, a fala principalmente.

Da segunda vez que disse aquilo eu indaguei, sim, a vista eu compreendia, mas por que a fala era tão importante?

— A fala é a mente da gente. A gente pensa por palavras, não pensa feito cachorro; quem perde a fala perde todo o pensamento, que é a graça da vida. Eu posso discutir futebol com o senhor como posso lhe falar sobre os benefícios da cocada, a história da cocada que vem de Pernambuco, eu posso ver uma bela vista, contemplar, mas só posso lhe contar sobre essa vista por meio das palavras, pela fala, os escritores são contadores por palavras, a palavra é o dom do homem, é o pensamento, eu gostava um dia de aprender filosofia.

Gostava mesmo era de falar:

— A fala é o convívio, é a vida, é o afeto da gente, seu Abreu.

— E a filosofia, o que você acha que é?

— Deve ser o ensinamento da vida, uma coisa assim; a pessoa tem que ter uma filosofia para saber o que pensar sobre as coisas; a filosofia sabe falar sobre as coisas todas da vida, a felicidade e o martírio, a razão das coisas, não a razão de Deus, aí é religião, eu não sou muito de igreja, apesar que respeito e reconheço, é importante para tirar gente da beira da cova e puxar pra cima, já vi muito. Mas gosto mesmo é da razão das coisas, da vida, da filosofia.

— E você pensa muito nas coisas da vida, Waldemar?

— Eu procuro pensar, seu Abreu, mas me falta a substância, quero dizer, as palavras próprias da filosofia, aquelas que dizem o que é isso e aquilo, o que é certo e errado, bom e ruim, com razões na base, isso é filosofia, eu sei, o saber da vida e da morte, já ouvi contar de Sócrates, o fundador da matéria, que foi obrigado a beber veneno porque sabia demais das coisas, sabia dizer as coisas e o povo ficava danado de inveja e condenou ele, isso tudo eu queria saber melhor.

— Tem livro sobre isso, Waldemar, você lê bem, você gosta de ler?

— Doutor Rodrigo já me deu, eu li, eu quase li, isto é, eu li bastante, apesar que eu canso e pego no cochilo, mas li, sim, mas acaba que fica muito espalhada a coisa, um filósofo em cada capítulo, cada um diz diferente, eu queria um saber que fosse coisa certa, isso é isso, aquilo é aquilo.

— Mas filosofia é assim mesmo, Waldemar, é discussão, cada um apresenta sua ideia.

— Eu sei, seu Abreu, eu sei que é assim mesmo, sei que cada lugar tem a sua filosofia, a nossa não é a da França nem a da China, o povo de Pernambuco, de onde eu venho, não tem a mesma filosofia daqui do Rio, que é mais larga, mais frouxa, mais alegre, eu sei, mas sei também que existem filosofias mais fortes, filosofias de alemão, o alemão é uma língua muito forte, eu sei desse Marx que revolucionou o mundo, alemão, a filosofia dele, por exemplo, é forte, eu queria aprender dele e de outros principais, mas não de todos que escreveram, fica uma confusão, a gente se perde, a gente tem de ter caráter.

Caráter, que interessante, ligar filosofia com caráter, era um tipo aquele Waldemar, tinha uma sabedoria, sem uma perna e sempre bem-disposto e bem-falante, agitado, eu gostava de conversar um pouco quando passava ali, ouvi-lo, sempre uma surpresa. E uma vez passei e o vi acarinhando o braço de uma bela moça ruiva e branquinha que sorria e olhava para ele. Passei discreto e só dei bom-dia aquela vez. Ele me chamou e me apresentou a Dorothy, que trabalhava na agência dos Correios bem em frente, e chegava todo dia um pouco antes das oito.

Waldemar tinha um rosto expressivo, uns olhos longínquos, de horizonte, um nariz hiperbólico e correto, uma boca pequena mas severa, afeita a proferir, ele gostava, a pele era clara, acho que de holandês nordestino.

Na vez seguinte perguntei por Dorothy:

— Ah, é uma joia da minha vida, passa aqui todo dia e me olha, e me fala, por pura bondade, concessão de moça generosa, nenhum amor, ninguém ama um perneta.

— Mas você tem amor por ela...

— Ah, seu Abreu, eu queria também ser poeta, saber filosofia e aprender poesia, na minha escola de pequeno a gente lia poesia, Castro Alves, Gonçalves Dias, a gente recitava, saber poesia é conhecer as palavras certas, as palavras que servem, que conseguem fazer o serviço de dizer as coisas certas, de maneira certa, as palavras são feitas para servir, por exemplo, minha patroa é minha vida, eu não vivo sem ela, eu já teria morrido, posso dizer que amo ela, e amo mesmo, a palavra aqui serve perfeitamente. Mas a moça Dorothy tem de ter outra palavra, eu não conheço, a palavra certa para dizer da graça, que desce do céu, eu fico olhando, contemplando, alisando ela, ela deixa de pura bondade, sorrindo, eu fico muito tempo pensando nela, sou capaz de passar o dia pensando, de um jeito carinhoso de pensar, não é de safadeza, não, eu penso na figura dela assim iluminada, ela tem uma luz naquela brancura, eu não penso nos órgãos dela, eu penso só na pele, na finura daquela pele tão clara, fico pensando e fico vendo, fico vendo, quase tocando, quase cantando.

Ele falando e eu me encantando, nossas conversas são assim, eu gosto e ele gosta. Compro sempre um doce que não como na hora, levo para casa e o dou à Neide, a babá do segundo andar, volumosa e feliz, que aprecia e agradece. Compro de homenagem, faria com muito gosto outras homenagens, como, por exemplo, falar dele aqui neste conto. Não sei nada dos seus outros atos de vida fora desta esquina, não sei quanto tempo ainda o verei mas o tenho como uma referência de sabedoria humana, o que importa, já o tenho como um dos pontos de luz da minha vida contada. Homenageio-o fazendo na minha mente a imagem dele a alisar a sua Dorothy, sem safadeza, como ele diz, ela despida na cama mas ele só contemplando e alisando com erotismo ingênuo, talvez a beijando aqui e ali, nos pontos mais delicados e preciosos de sua tez luminosa de escocesa das Terras Altas. Ele no puro deleite, ela na pura bondade, os dois em pureza, sou capaz de imaginar e ver, ele com certeza seria capaz de dizer, de aprender poesia falando e descrevendo esta cena de sempre, sem tempo nem espaço.

Copacabana

Saiu pela porta de trás e desceu a escada, um só andar, coisa da velha avó que tinha medo de incêndio em andar alto; a figura altaneira dela, de cabelos todos brancos, colar e brincos, a figura bela e nobre ficara por ali impressa em todos os cantos. Mais que a da mãe, que passou a ocupar o quarto maior, da frente, pouco mais de um mês depois da morte dela, o quarto que agora era o dele, sozinho, Mário, há mais de dois anos, após a separação: sozinho naquele apartamento vasto de quatro quartos e duas salas, que havia abrigado quatro gerações, já que Laurinha tinha morado ali com Vera até a separação.

Desceu a escada e caminhou até a larga entrada da garagem, onde deu bom-dia a seu Ramiro, antes de ganhar a calçada. Eram sete horas, gostava de caminhar na praia e cair na água antes do café, o corpo era mais leve e os mecanismos de mobilização das reservas energéticas entravam em funcionamento, sentia mais a vitalidade convocada pelo exercício. Comia apenas uma pequena fatia de mamão, um bálsamo para as vísceras. Sofria das vísceras, vivia cheio de gases que incomodavam, especialmente quando não estava sozinho, o dia inteiro no trabalho, e não podia soltá-los. Vários médicos não tinham dado jeito, parecia ser um mal da natureza do seu corpo, intestinos, estômago, sabia lá, o pior eram os pesadelos que aquele mal dos gases provocava, comprimindo o diafragma e gerando sonhos terríveis, tinha de levantar, tomar uma magnésia bisurada, ficar sentado uns dez minutos arrotando para poder voltar para a cama e, às vezes, dormir para ter outro pesadelo na mesma noite. Um inferno.

Tinha tido uma daquelas noites funestas, que findara naquela manhã bela e fresca de abril, que instilava ânimo e disposição apesar da noite maldormida. Sentia a circulação e a oxigenação forte do sangue, o vigor do corpo, a vontade de cantarolar o "Esbelto Infante", ou o "Avante, Camaradas" da marcha do CPOR, ó juventude! Silenciosamente foi cantando para dentro, um quarteirão e meio até a praia.

Copacabana, que nome poético; pouca gente sabia que vinha da Bolívia, da Nossa Senhora do Lago Titicaca, o mais puro do mundo que haveria ainda de conhecer. A avó, que era dos primeiros anos dos mil e novecentos, contava que havia conhecido o areal que tinha ali, cheio de pitangueiras, local de piquenique da gente de Botafogo que, antes do Túnel Velho, tinha de subir e descer a trilha dos Tabajaras. Vó Moema era um documentário, falava dos casarões construídos em toda a orla, do Copacabana Palace, quase sozinho ali nos anos vinte, construído para hospedar o rei da Bélgica e mostrar-lhe a beleza incomparável daquela praia extensa, branca e límpida. Mostrava fotos, a roupa de banho antiga, fotos dela mesma com o avô Bernardo e grupos maiores naquela areia, a avenida de uma pista só. Mário era um morador mais que ajustado, com inveterada preferência pelo bairro, como tinham as gerações da mãe e da avó, antes dos modismos de Ipanema e Leblon. Copacabana seguia sendo, principalmente, a melhor praia, desde antes, e ainda muito melhorada com o calçadão e a extensão da areia. Era hoje um bairro de velhos, sem o charme da juventude mas com excelente serviço em todas as direções.

Nos Marimbás tinha conhecido Vera, num jantar badalado de aniversário da Sulamit, que era amiga dela, tinha sido sua professora. O encanto imediato que o assaltou, que feminilidade tinha Vera na face clara e radiosa, o riso franco e relaxado. Conviver sob o mesmo teto é fogo. Dizem que se acaba aprendendo, na terceira ou quarta tentativa. Ele não pretendia viver a terceira.

Tinha muitas e fortes recordações daquela praia, do Posto 5, aonde os pais o levavam junto com Renato; moravam na Miguel Lemos, havia a turma da Miguel Lemos, o Cristiano, como se lembrava daquele tempo que fora o melhor da sua vida. Lembranças ruins também, a indelével, trágica, do rapaz que fora atacado por um cação e tinha morrido ali na areia com a coxa estraçalhada, o horror de ter visto de longe, afastado pelos pais. Começara a entrar no mar bem menino, nem se lembrava direito, talvez com três anos, ali no Posto 6 que não tinha onda e era limpinho naquele tempo. Havia as canoas dos pescadores, tinha a imagem.

Sentou-se no banco da calçada e ficou olhando o mar antes de pisar na areia. Sentia pela primeira vez, depois do choque da notícia, depois da depressão e do desânimo, sentia que ia superar o tranco como havia superado outras vezes, as separações de Letícia e de Vera. Era um professor e tinha seus alunos, era querido e reconhecido, várias vezes paraninfo da turma, era sua vocação, professor, nada mais digno e compensador, não precisava ser secretário para se realizar.

O problema todo vinha da sua inocência, da sua ingenuidade, tinha acreditado tanto na nomeação, tinha criado e acalentado ideias, tinha feito planos, visitar as escolas, delegar mais as atividades de gabinete e percorrer as escolas, conhecer a realidade de cada região, percorrer todo o estado, as escolas do interior tinham grandes valores ignorados, abandonados, era preciso estimular as professoras, incentivar seu aperfeiçoamento com novos cursos que seriam criados e facilitados.

A mulher do governador definitivamente não gostava dele e com certeza tinha sido ela a causa da nomeação do Adriano. Bem, era partir para outra. Por exemplo, escrever um livro; um livro sobre a juventude brasileira que ele conhecia, a juventude que o escutava e conversava com ele na sala de aula, às vezes tomando todo o tempo da aula, numa conversa que ele sempre considerava mais importante do que a informação curricular que devia passar. As diferenças que observava entre o pensamento e o comportamento da juventude de hoje e a do seu tempo, meros vinte e cinco anos atrás e, entretanto, quanta diferença! O pragmatismo individualista da juventude atual, o esvaziamento de ideais, de interesse nas questões nacionais e coletivas, nas questões políticas: o zero da motivação política de hoje, quanto isso era conversado e discutido nas aulas.

Sim, podia escrever um livro; tinha um livro a escrever, podia discutir e até fazer um trabalho a quatro mãos com o Ernesto. Era um pouco marxista demais, o Ernesto, mas tinha uma mente brilhante e muito coincidente com a dele nas questões da educação.

Ia pensando e respirando o dia, estava ali para pensar; depois daria uma corridinha e um mergulho no mar. Depois. Primeiro, tinha de tratar da sua vida, de novas perspectivas. Podia até combinar com o Ernesto e fazer uma turnê de visitas a escolas em todo o estado; o que pretendia fazer como secretário faria informalmente como pesquisador e escritor. Ideias, planos, era importante ter projetos para sacudir aquela decepção e seguir em frente. A vida era feita de projetos; quem não tem projetos está morrendo. O sentido da vida é fazer projetos e realizá-los, depois fazer novos, estar sempre produzindo potenciais. O sentido da vida, discutia isso também muito com os alunos, a importância de dar um sentido à vida, para não cair no vazio das atividades rotineiras, mesmice por mesmice, sem contestação nem criação, ou no pragmatismo estúpido da luta pelo dinheiro, pelo sucesso pessoal e pelo dinheiro.

O projeto da secretaria tinha um sentido, não era a vontade de projeção pessoal, a vaidade de ser secretário e ter poder, aparecer na mídia e na sociedade. Absolutamente; ele tinha um projeto a desenvolver na secretaria que, evidentemente, o Adriano não ia nem começar, ia simplesmente prosseguir na rotina dos tempos.

Bem, o negócio era sair para outra. Levantou-se, respirou fundo; ia dar uma corrida, fazia uns dez dias que não se exercitava.

E correu, foi até o Lido em corrida leve, caminhou em passos largos até o Posto 0 e voltou em passo mais lento, acelerando aos poucos. Chegou cansado ao seu ponto, fez exercício respiratório, sentou-se de novo no banco, tirou o tênis, o short, a camiseta e desceu para a areia, partiu para o mar.

Não estava forte, havia ondas médias, foi rápido e ultrapassou a arrebentação. Nadava bem e nadou um pouco mais para o fundo, não muito, e parou, olhou para a praia, ficou olhando, relaxou, mergulhou fundo e sentiu o tônus benfazejo daquela água benta e fresca, água bendita, água lustral, água primordial, água criadora da vida, água propícia à vida e ao ser humano, água de Deus.

Ficou ali repetindo os movimentos e sentindo as sensações; aquilo valia a vida, aquilo quase dava sentido à vida. O sentido animal do ser humano, aquela sensação de felicidade original, uma analogia com o orgasmo, antes do pecado original foi a felicidade original. Depois dos dias de depressão e desânimo, a vida se erguia novamente, a vida prazerosa dos animais e das plantas, da Criação. A felicidade original. Sim; não era só de projetos e pensamentos, e ideias, o ânimo da vida vinha também dos orgasmos da comunhão com a natureza, com a Criação, oh, e mergulhava e boiava, e olhava o céu, e olhava a praia, Copacabana, oh, Copacabana, e o horizonte do mar, podia quase ver a África, as palmeiras das praias de Angola, a Copacabana do outro lado do Atlântico, e sentia a felicidade daquela água benta e salgada, oh, o sentido da vida, a vida erótica, a vida original, a vida plena.

José Maria

Ao fundo do corredor escuro, de casa antiga, estava lá ele sentado numa cadeira comum, virado para a última porta que se abria para um quarto, e que estava fechada; olhando fixo para a porta, imóvel. Sobre a sua cabeça um vitral bem simples, sem cores nem figuras, deixava entrar a pouca luz da tarde no corredor. Deixava ver sua face fechada, sua palidez, seus cabelos pretos e lisos, penteados, o perfil do nariz afilado, os olhos abertos mas fixos na imobilidade da porta fechada, sua respiração leve.

Ele estava de terno azul-marinho, campista, a gola aberta da camisa branca sem gravata, estava em casa, os sapatos pretos limpos, gastos e amarrados, ele tinha as mãos cruzadas sobre o regaço. Olhava horizontal e fixo, e não via nada, pensava, insistentemente pensava, profundamente pensava: ia morrer. Não sentia ainda nada, só a tosse e o cansaço, mas tivera, pela manhã, o diagnóstico definitivo de câncer no pulmão. E ia morrer.

Eu ia falar-lhe, tinha vindo de Macaé para isso, a pedido dos amigos, trazer-lhe ânimo, falar de tratamento e de vários casos de cura, eu era médico. Ia falar, realmente tinha vindo para isso, mas não falei. Vi que ele não me escutaria, capaz que nem me visse, cheguei perto e vi, ele não se voltou. E voltei eu. Dei o abraço afetuoso e demorado na mulher em lágrimas, e saí a relatar aos amigos

José Maria morreu no dia seguinte.

Martin

Não era evangélico, o pai, mas admirador do líder negro americano, e quis que o filho, escurinho, com aquele nome significativo, tivesse a luz do inspirador para fazer as coisas certas, e começasse logo por aprender inglês para valer, fora do colégio, com um professor que morava ali mesmo, no Juramento; um professor que estudava a língua para ser guia turístico, tendo já conhecimento para ensinar as primeiras frases. Pouco mais de um ano, só, o pai faleceu e Martin ficou sem as aulas; mas restaram na memória a noção geral da língua e as palavras mais comuns; o bastante para que os amigos considerassem que Martin falava inglês.

Falava inglês e muito depois, já homem, era motorista profissional e serviu muito tempo a uma empresa de táxis de hotéis da Zona Sul, atendendo a turistas e sempre aprendendo mais. Até a morte da mulher, que lhe desorganizou a vida completamente, uns três meses perdidos em depressão profunda, salvo do fim pelo Duarte, o líder do morro, que mandava e comandava as vendas do fumo, e que não se conformara com aquele desmoronamento de um homem de respeito da comunidade, e providenciara a clínica.

Seis meses depois estava completamente recuperado, voltou a trabalhar, achou emprego na casa de um médico famoso que morava no Leblon. Conheceu Celeste, uma enfermeira que cuidou um tempo do filho desse novo patrão, que sofreu um acidente, atropelado por uma motocicleta, e quebrou uma perna. Apaixonou-se depressa e meses depois, já nos quarenta anos, estava casado com Celeste, quase vinte anos mais moça, morena mais clara, uma graça para a sua vida.

Era feliz a sua vida, pensava: falava inglês e tinha conquistado Celeste. Os anos passavam e Martin apreciava os dias, trabalhava bastante e fruía aquele casamento novo. E gostava de pescar, seu prazer reparador de vida livre desde os tempos de depressão. Retomara o hábito: horas sobre a laje da Gruta da Imprensa, na Niemeyer, olhando o mar imenso e cortando o silêncio com palavras curtas trocadas com outros pescadores; palavras de pescador, não de referência a outro assunto ou queixa da vida, um que outro comentário só sobre futebol, pouco, era vascaíno e tudo ali era Flamengo.

Mas só sábados ou domingos, por vezes até com chuva, desde que não soprasse um vento frio. Pescava, deixava a mulher em casa, tinha confiança, tinha de ter, pensava muito nisso durante a pesca, na mocidade dela, muito fim de semana ela tinha plantão, pensava na saúde da mente que era frágil, observava tanto maluco, tanto neurótico, reconhecia uma tendência interna e buscava a cura na pesca, fazia muito havia deixado a clínica, nunca mais nenhum contato. A paz. A pesca era a paz. Celeste era bela, jovem, mais clara, e principalmente muito feminina, nas formas, na pele, no gesto, na fala, nos olhos, no jeito, no gosto, como era mulher. Amigos lhe diziam da voz maravilhosa que tinha ao telefone. E na cama, nos fluidos do sexo, como era mulher. E de tanto ser, preocupava, deixava-o pensando muito, exigia a disciplina dele na satisfação dela, depois do dia mais cansativo, de levar o patrão, a patroa, os filhos ao colégio, fazer compras, entrar na fila do banco, muitas vezes ficar até tarde esperando os patrões num jantar, mas mantinha o moral, cumpria as obrigações de fora e de dentro de casa. Cumpria; e, não obstante, preocupava-se, Celeste era moça e feminina demais. Mas tinha de tirar da cabeça aquela preocupação, tinha de se despreocupar, pescava no fim de semana por bem à saúde; tomava maracujina de noite, depois do amor, para dormir bem.

Ela trabalhava na Mangueira, no Hospital Jesus, emprego arranjado pelo patrão médico, uma distinção, sim, era auxiliar de enfermagem e, diziam todos, muito respeitada. Sim, mas ele preferia que ela não trabalhasse, tinham muitas vezes discutido isso, discussões pesadas, ela não aceitava, não tinha filho, nem queria ter ainda, não ia ficar em casa à toa feito dondoca, gostava do trabalho, era respeitada, sim, com certeza, ele não duvidava nem um pouco, mas conhecia a natureza humana, e a proeminência dos médicos num hospital, o poder, o carisma, a insistência, o vezo de os doutores comerem as enfermeiras, uma usança dos ambientes de plantão, ali mesmo, no hospital, oh, desviava o pensamento, usava o mar e a pesca para a saúde e o equilíbrio, nos dias de semana se acalmava cumprindo o dever do trabalho e tomando calmante à noite. O porteiro, um dos porteiros do prédio do patrão, o Santos, também tinha a mesma preocupação com a mulher, que era moça e bonita e trabalhava em Caxias, na Secretaria de Saúde, cercada de médicos, oh, a natureza humana.

E depois, não eram só a relutância e a altivez da Celeste: tinha a prestação do apartamento, comprado havia pouco por insistência dela, em São Cristóvão, que não era subúrbio, num prédio novo, um padrão bem acima do deles, não teriam como pagar à Caixa sem o salário dela, tinha de aceitar, paciência, equilíbrio, pescava.

Nos dias em que o plantão dela era na sexta ou no sábado, na manhã seguinte, antes das sete, Martin estava na porta do hospital esperando por ela. E Celeste gostava daquela atenção, daquela preocupação dele, tinha o cuidado de não sair nunca junto com um homem, médico ou enfermeiro, não suscitar erupções no coração do marido.

Assim. Mas foi um dia de quarta-feira em que os patrões viajaram e ele não disse nada em casa, e foi esperar a mulher de surpresa na manhã seguinte. Foi e viu: vinha ela despreocupada e bela saindo do plantão, as formas femininas no vestido justo e no salto alto, não esperava por ele e olhava com atenção para o moço de branco com quem falava, uma atenção a que ele, o moço, correspondia na escuta, tanta atenção que ela não viu Martin na calçada do outro lado da rua, que era larga. Não viu e prosseguiu a andar em conversa, virou à esquerda depois do portão e continuou andando com o moço, cerca de cem metros, até um estacionamento onde estava o carro dele, ele, de branco, de porte elegante e olhar firme, viu-o jogar um alô para o guardador e apertar o botão do destrancamento, Martin gelado do outro lado da rua, quase se jogando para impedir o que sabia que ia acontecer, ela entrou no carro, oh!

Não foi para casa, não queria verificar se ela iria diretamente ou se passaria antes em algum motel, não queria, tinha horror à confirmação do pior, o desespero era paralisante, e foi andando ao léu, sem atinar com o que fazer, não ia para casa, não ia conferir, não ia ligar para o celular dela, o medo era de estar desligado, ela dizia que, quando em atendimento no hospital, tinha de desligar, e muitas vezes se esquecia de religar, ela não sabia que ele não tinha ido trabalhar, a surpresa planejada, espertamente planejada, tinha levado àquela desarticulação total. A surpresa tinha duplo sentido, claro, queria uma vez dar uma incerta, havia muito, e a incerta jogava-o no fundo de um poço sem fundo e sem amparo, continuava a cair, pretendia levá-la aquele dia a almoçar na Barra, dia de folga dele, no Recreio, comer um pintado na brasa, e agora não tinha mais clima, pior, não tinha ar, não tinha luz, andava sem fim pela manhã nublada e serena, passou pela frente da grande Escola, Celeste adorava a Mangueira, tinha ritmo e sabia dançar, sambar no pé, uma graça, era uma mulher cheia de graça, evidentemente os médicos viviam assediando-a, difícil ela resistir, o cara tinha um carro novo, era o fim, perdia a mulher, tinha perdido a primeira e agora perdia a nova, a mulher que amava, mais do que Mariana que tinha morrido de câncer, amiga querida que deixara saudade mas não aquele desespero de perda que sentia agora com Celeste, aquele cadafalso em que caía, uma raiva do mundo, não adiantava procurar os filhos, nenhum deles ia compreender aquela tragédia, aquele fim reles sem nenhuma grandeza, corneado, ela simplesmente escapando com outro, sem nenhuma compensação, só se matasse os dois, Celeste e o cara, mas nem, nem pensar, não era homem de matar, nem pensar, nem pensar, ia andar o dia inteiro, isso, sim, que era dele, andar até cair numa sarjeta qualquer e desaparecer, fim reles, ela nem ia saber, nem se incomodar, ia andar, ia andar até o fim.

E andando e andando e pensando, quando viu estava subindo o viaduto da Mangueira, desceu para a Visconde de Niterói, andando, entrou na Quinta, sentou ali na grama e gramou, e gramou, horas, respirou, sentiu sede e tomou dois copos de mate, reanimou, andou e sentou mais, sem saber, levantou-se e andou mais, andando e parando, seguindo, sem saber, sem tempo, andou então sem parar, estava no Campo de São Cristóvão, andou, e de repente estava na São Luís Gonzaga. Era a sua. Sem saber, tinha chegado bem perto de casa, perdida a noção do tempo, já era de tarde. Não, não ia para casa, o celular não tinha tocado o tempo todo, Celeste não tinha ligado, não que ela costumasse ligar quando sabia que ele estava trabalhando, mas ele era que ligava, de tempo em tempo, e aquele dia não tinha ligado, então ela devia ter estranhado, e por que então não tinha ligado ela? Pensava e tornava, torturava, mas estava cansado, sim, sentiu o cansaço, e uma fraqueza, não tinha tido fome mas sentia a fraqueza, sem comer desde a manhã cedo, mas para casa não ia, os filhos moravam na Rocinha, ambos, do outro lado do mundo, não dava, não sabia, entrou num boteco e tomou um café, pediu média e pão, pensava, e não chegava a nenhuma resolução. Irresoluto, foi andando e, no automático, chegou à porta do edifício, no automático perguntou ao Lacerda se sabia se Celeste estava em casa. Sim, achava que sim, tinha visto ela chegar cedo, na hora normal, e não tinha visto ela sair.

Bem, o mundo deu uma volta, que coisa, ia subir, não tinha como voltar, dar uma de maluco na frente do porteiro, bem, subia e tinha de falar com ela, explicar que não tinha ido trabalhar, que coisa, ia dizer o quê? Que tinha visto ela sair com o cara? Confessar a espreita? Não, não ia, mas entrou no elevador.

E decidiu, no elevador decidiu não falar nada, averiguar mais, olhar nos olhos dela sem perguntar. Mas a cara dele estava inteiramente desfeita, ela se espantou quando viu e foi logo perguntando o que tinha acontecido. Oh, ele não tinha preparado uma resposta, complicou-se, gaguejou, empacou e, de repente, perdeu a voz e as lágrimas brotaram e inundaram a vista.

Era de fraqueza, de corpo e de alma, era de abatimento e de vergonha por todo aquele dia que não sabia mais explicar, não sabia o que dizer, nem como começar, não sabia mais o que tinha acontecido, e Celeste impactada, o que foi, o que foi, o que foi, queria saber da tragédia, e a vergonha de Martin aumentava, ela ofegava de aflição, o que foi, ele não dizia porque não conseguia dizer, a cena era trágica, e não havia tragédia nenhuma, objetivamente nada de trágico, a tragédia era a vergonha dele que acabou conseguindo falar "depois eu conto, desculpe, não aconteceu nada, desculpe, minha querida, é só besteira minha, não houve nada, desculpe, depois eu conto", e saiu em direção ao quarto, para deitar-se e deixar passar. Recuperar-se.

Mas a gravidade não deixou Celeste se aquietar, foi atrás, era evidente a ruína dele, seu marido, companheiro de algum tempo, foi atrás, sentou-se ao lado na cama, tocando-o com carinho e esperando, mas insistindo, queria saber.

E foi escutando o que ele ia revelando pouco a pouco, muito pouco a pouco, em palavras desencontradas, foi captando o sentido, o homem forte, de cem quilos de massa e um metro e oitenta de altura, o homem forte de coragem, duas vezes correra com bandidos, o homem forte na cama, o homem dela que falava inglês, ali derreado, contando o que se mostrava aos poucos, a sua fraqueza incrível, a criancice pequena escondida naquele corpão masculino, foi ouvindo, e não se agastou, nem um pouco, foi invadida pela compreensão do homem bom, foi tomada por um sentimento novo de amor, ternura envolvente, começou a acariciar Martin que mantinha a mão sobre os olhos fechados de vergonha e continuava a falar e repetir o pedido de desculpa, o amor foi tomando o coração de Celeste, aproximou o rosto do dele, tirou-lhe a mão dos olhos e beijou-lhe a face, a face e depois a boca, carinhosamente, tomada de amor, ternura enorme, queria um filho de repente, queria um filho com aquele seu homem, queria um filho como ele desejava.

O MENINO PRECIOSO

Um conto antigo, mineiro, que ouvi narrado por meu avô que era de Sete Lagoas, falava de um boticário de Mariana, aí pelo meio dos mil e setecentos, que exercia com gosto e capricho a sua profissão, e tinha sempre aberto ao lado sobre o balcão um livro de química, química arcaica, alquimia provavelmente, um entre os vários que possuía e consultava, para melhor exercer o seu ofício, com a precisão exigida dos boticários.

Tinha uma menina e três filhos homens, e o último deles era frágil e delicado, parecia tristinho e não brincava como os outros, sua vinda ao mundo tinha custado a vida de sua mãe, que morrera de uma febre puerperal. Nunca ninguém lhe houvera informado mas era como se o menino tivesse consciência do fato e curtisse aquela tristeza de culpa permanente.

Era franzino, o André, e comia pouco, a carne lhe repugnava, de porco e de vaca, comia só uma galinhazinha branquinha desfiada com arroz, feijão e angu, tomava café com leite e um pãozinho com manteiga. Com prazer, sim, algum prazer, comia uma banana amassada com melado. Estudava direitinho, o pai mesmo lhe ensinara a ler e a contar, fazer uma soma, e ia começar a frequentar a escolinha do Seminário. Os irmãos já lá estavam, não porque quisessem ser padres mas porque era a única escola da cidade e o pai queria os filhos instruídos. André poderia vir a ser um boticário, tinha a disciplina natural dos cuidados que aquela ciência demandava. Os outros dois eram estabanados. Seu Políbio, entretanto, não sabia o que seria da vida futura dos filhos, queria só que tivessem todos uma profissão digna, que escolheriam livremente e ele os ajudaria.

André tinha as qualidades para um excelente boticário mas parecia ter uma vocação religiosa. Ia à missa diariamente e passava um bom tempo rezando de joelhos diante de um Santo Antônio que ficava num pequeno oratório da mãe no quarto que era o de costura dela e que seu Políbio fizera questão de conservar, como se a esposa ali ainda estivesse. O quarto tinha pouca luz e havia sempre uma vela acesa para o Santo Antônio. Era uma imagem de madeira, portuguesa, de lavor fino, as feições delicadas, olhar doce, cabelos e tonsura monacal bem delineados, as dobras do manto franciscano bem esculpidas, o Menino Jesus primoroso na mão esquerda, uma imagem de valor artístico indubitável, e de um enorme significado religioso, desde a devoção da dona Eugênia, a sogra, que era portuguesa e dizia que por sua vez herdara a devoção de sua mãe, que fazia novenas de seis em seis meses e nunca havia deixado de ser atendida nos seus pedidos ao Santo.

A saúde de André era a preocupação mais constante na vida do seu Políbio. Além de resfriados e tosses frequentes, aquele peitinho afeiçoado à tísica, tinha uma constipação crônica e só evacuava duas vezes na semana, assim mesmo porque o pai lhe ministrava um laxante que ele mesmo preparava à base de cáscara-sagrada, e que era um dos medicamentos que mais vendia na botica, pela segurança do seu efeito.

O aspecto das fezes no urinol branco, de ágata, era sempre examinado com atenção pelo boticário em pesquisa de qualquer anormalidade. E foi que um dia seu Políbio notou o que já vinha notando havia tempos, notou com mais nitidez a coloração dourada daquelas fezes, extraordinariamente dourada. Certamente era resultado da composição da sua alimentação, pobre de carnes sangrentas, substanciosas, e rica em leites, coalhadas e cereais, milho principalmente. Em todo caso, dado o extraordinário daquela coloração, resolveu submeter o material a exames químicos mais percucientes, a ver se havia excesso de bile ou outra substância anormal.

Tomou uma amostra e a submeteu a todos os processos de separação em componentes que conhecia, por meio de solventes e secagens, separação mecânica, tamisação, repetição das etapas com outros solventes, novas secagens, todo um conjunto de processos paralelos que durou vários dias, até que restou no fundo de um frasco cheio de solvente um pó amarelo bem lavado, brilhante, completamente semelhante ao ouro. Um espanto, examinou, mediu a densidade, tentou atacá-lo com ácidos, nada, com água-régia, sim, foi dissolvido, até que, tudo conferido, definitivamente concluiu: era ouro!

Impossível. Inteiramente impossível. O ouro era um produto das entranhas da terra, dos fenômenos vulcânicos, não era sintetizável quimicamente, não podia ser obtido por qualquer processo de transformação química a partir de outros materiais, isso os alquimistas de todo o mundo, por séculos de esforços e pesquisas, haviam demonstrado.

Levou o pó ao ourives, que olhou, examinou na lupa, pesou e disse: "Vinte e quatro quilates; ouro puro; onde conseguiu?" No susto, Políbio gaguejou a resposta, não ia dizer a procedência verdadeira, achou entre guardados velhos da mãe.

Respirava a custo, voltando para casa em passo rápido. Bem, o menino com certeza havia engolido alguma peça de ouro e o organismo tinha conseguido, não se sabe como, tinha conseguido digerir o ouro, em princípio indigerível, um grande mistério, ia aguardar, não ia falar nada com ninguém, nem com o doutor Graco nem com o próprio André.

Mas dois dias depois, quando o menino outra vez evacuou, viu as fezes, reconheceu a coloração, repetiu as operações de separação e novamente obteve o pó de ouro puro. Não sabia o que dizer, não sabia o que pensar, não sabia o que fazer. Foi sempre repetindo os mesmos passos nos dias seguintes e sempre obtendo o pó de ouro. Era um milagre; tratava-se de um milagre, seu filho menor e delicado tinha aquela capacidade extraordinária: o seu organismo, misteriosamente, inacreditavelmente, tinha a capacidade de sintetizar ouro! Nem ao padre, nem ao Bispo podia dizer isso, era um milagre que tinha de guardar em segredo absoluto. Imagine, o primeiro a saber do caso criaria uma onda de notícia que se propagaria com a força de uma ventania e logo chegaria à Capital e ao Reino: O menino de Mariana que caga ouro!

Chegaria ao Reino, e o Rei havia de querer o menino, afinal o ouro todo era do Rei, Deus livrasse. Milagre e segredo, segredo só dele, de mais ninguém, nem do próprio André, não confiava em que o mantivesse sem contar aos irmãos, não podia confiar em ninguém, desassossego absoluto, desnorteamento completo. Chegou a procurar o doutor Graco, não para contar o segredo, evidentemente, mas para se consultar, dizer que andava confuso, com ideias absurdas, desconfiava que estava enlouquecendo. Doutor Graco examinou, conversou, conversou, realmente notou uma ansiedade anormal, um nervosismo agudo, e receitou um calmante poderoso, que ele, Políbio, boticário, bem conhecia.

Tomou em três quartos da dosagem prescrita e realmente conseguiu dormir. E dormindo e acordando, e dormindo e acordando, foi pensando. Se era um milagre, e era, sem dúvida, se era um milagre, Deus o havia escolhido para recebê-lo, e não havia razão para não o fazer. Ia recolher sistematicamente aquele ouro, entre trinta e quarenta gramas de cada vez, ia vendê-lo, melhorar muito de vida, dar mais conforto aos filhos, dar-lhes instrução da melhor, mandá-los até para Coimbra na idade certa, por que não, e deixar o André livre para escolher o seu destino sem saber de nada, sem saber que era o veículo de um milagre, de uma manifestação clara de Deus pelo seu corpo delgado. Sim, mais tarde, bem mais tarde, quando o menino fosse homem, maior, aos vinte e um anos, contaria a ele a verdade, ele teria a liberdade de fazer o que quisesse. Até lá, ele, Políbio, abençoado pela Graça de

Deus, iria coletando aquele ouro. Só precisava inventar uma mina, o que já não era fácil naquela época. Diria que havia descoberto em casa, numa escavação, uns caixotinhos com saquinhos de ouro. Perigoso. Perigo enorme de ser assaltado em casa por malfeitores, ladrões era coisa que não faltava, tinha de montar uma proteção própria, conversaria com o Juiz, doutor Heleno, um homem de bem.

A vida mudou, o mundo era outro, tudo muda quando você verifica que é abençoado e o dinheiro cai do céu, que é beneficiário de um milagre de Deus. E que benefício: ouro em pó!

Tempos, meses passaram, seu Políbio, o homem dos saquinhos de ouro, transformou-se em alvo de desconfiança: melhorou a botica, reequipou o laboratório, renovou os móveis da casa, empalhou de novo as cadeiras, e passou a ter um ar de prosperidade flagrante, um olhar de segurança inequívoca, chegou a emprestar dinheiro a juros muito módicos a pessoas de estrita confiança. Tudo com os saquinhos de ouro que encontrara no subsolo de sua casa e nunca ninguém tinha visto. Os próprios filhos, incrédulos, profundamente desconfiados, eram severamente instruídos, advertidos, a não dizerem nada. Nada. Saquinhos de ouro encontrados no subsolo da casa. Nada mais! Confiavam no pai, conheciam a moral e a honradez do pai, mas não podiam crer naquela explicação, até porque não havia escavação nenhuma na casa.

Seu Políbio era um homem de mais de quarenta anos, conhecido e respeitado em toda a cidade de Mariana e até em Ouro Preto, pelo seu ofício de boticário eficiente, sério e responsável. Aquele conceito enraizado o salvava de uma investigação mais acurada.

André, cada vez mais frágil, com tosses e resfriados, com aquela alimentação deficiente, continuava produzindo o ouro. O dilema atormentava o pai preocupado: forçar um pouco a mudança da alimentação visando à saúde, ou pelo menos forçar um pouco o aumento da quantidade com apetitivos que conhecia, fortalecer mais o menino, dar-lhe tônicos, e arriscar a alteração do processo digestivo que sintetizava o ouro? Amigos perguntavam se ele não medicava o filho tão enfraquecido, e ele mentia, inventava que sim, que dava os remédios e não via resultados.

Dilema, sim, aplacado pela razão teológica que lhe dizia que, se a vontade de Deus se manifestava daquela forma, não devia mudar nada, confiar em Deus e ponto final.

Mais de dois anos após aquela descoberta, seu Políbio cada vez mais próspero e respeitado, ninguém mais perguntando com frequência sobre a origem daquele ouro que vendia, deu-se o que ele temia, embora já não pensasse no assunto com tanta tensão e tivesse relaxado alguma coisa no esquema de segurança da casa, com a substituição de um dos dois homens que lhe tinham sido recomendados pelo doutor Heleno. A casa foi assaltada.

O fato é que, ao completar cinquenta anos, o irmão, que morava em São João del Rei, festejou a data e mandou dizer que fazia questão da presença dele, Políbio, com os filhos. Foram todos então passar uma semana com o irmão, que era escrivão bem-sucedido e morava numa bela mansão. Na volta, verificaram o que ninguém sabia: a casa havia sido violada, a porta traseira arrombada discretamente no meio da noite, ou até, quem sabe, durante o dia, sem que ninguém percebesse, nem, é claro, nenhum dos dois contratados para a vigilância. Daí a desconfiança de que a invasão tivesse ocorrido à luz do dia, com tranquilidade.

A casa estava toda revirada na medida em que os assaltantes tinham retirado as tábuas do assoalho de todos os cômodos em busca da tal escavação ou esconderijo do ouro. Claro, armários, gavetas, tudo foi revistado, o que provava uma permanência de mais de um dia dentro da casa. Alguns objetos valiosos de pequeno porte roubados, abotoaduras, um camafeu e um pequeno ícone grego que tinha sido do avô, e quase nada mais, já que o cofre não tinha sido aberto, não obstante as visíveis tentativas. A Nossa Senhora do oratório era grande demais, não foi levada, mas o crucifixo e, oh, o Santo Antônio foram roubados. A imagem do Santo tinha quase meio metro de altura, não era fácil e, entretanto, foi carregada. Que pena, foi a perda que mais seu Políbio lamentou: era uma imagem bonita e querida, tinha história na família. Especialmente querida e cultuada pelo André. Bem, deu parte e pôs-se ele mesmo, com a ajuda de amigos, à busca, à tentativa de reaver o roubo.

Nunca mais.

Já na semana seguinte notou a coloração diferente nas fezes do André, que continuava a recolher, sob o pretexto de examinar e controlar sua condição intestinal. Não havia mais aquela intensa cor dourada. Continuou processando a separação química pelo método de sempre, e a quantidade de ouro obtida começou a declinar: foi para vinte gramas, dez gramas, cinco, e acabou por desaparecer. Continuou pesquisando, insistindo em vão: não havia mais ouro nas fezes do André.

Não foi traumática a perda; as condições de vida da família eram boas e não havia necessidade da renda daquele saquinho de ouro. De outro lado, a explicação da origem numa escavação do subsolo da casa, que era repetidamente desacreditada na cidade, tornou-se válida, verdadeira, na medida em que o ouro desapareceu após o assalto em que o assoalho da casa foi todo revirado. O conceito de respeitabilidade de seu Políbio chegou ao auge depois do roubo, e toda Mariana colaborou na investigação. Em vão. Certamente havia sido gente de fora, de muito longe, que tinha tido notícia do achado extravagante e havia raspado todo o ouro.

Só o Santo Antônio realmente ainda doía na alma do boticário. Na alma da casa e, muito particularmente, na alma de André, que continuava rezando para o Santo mas sentia a ausência fortificante da imagem.

E foi então que seu Políbio atinou com a origem e a força do milagre: era o Santo Antônio! Enquanto estava ali e era visitado, cultuado e rogado pelo André, produzia o milagre no corpo do menino, atendia ao que todo dia era pedido, a paz e o bem-estar do pai e da família, atendia sem que o próprio suplicante o soubesse, e alertava o pai sobre a existência do ouro onde ninguém podia suspeitar. Levado embora pelos ladrões, extinguira-se a capacidade do André de produzir aquele ouro. Assim eram os milagres, exigiam a confluência presente da força criadora, operadora do milagre, e da força suplicante, demandadora. Nunca ia discutir isso com o padre Leôncio. Nunca. Nunca ia revelar aquele mistério a ninguém. Perderia sua honorabilidade, passaria por maluco. Melhor deixar assentar para sempre a versão dos saquinhos encontrados sob o assoalho e levados pelos ladrões. Melhor.

André fez a escolha pelo Seminário como ofício; queria mesmo ser padre, era a sua vocação. Entretanto, oh, a outra vocação física que seu Políbio observara nele foi mais eficiente: a tísica o pegou forte antes dos vinte anos, em pleno estudo, belo rapaz, belo pela delicadeza dos traços de todo o corpo e especialmente da face alongada e ornada pela doçura dos olhos castanho-escuros.

Seu Políbio, ainda rijo de saúde nos seus cinquenta e um, pensou muito e achou que não podia levar para o túmulo aquele segredo que, na verdade, pertencia ao rapaz que finara sem saber. Pretendia informá-lo aos vinte e um, quando ficasse maior de idade, e não chegou a ter essa chance. Resolveu então que contaria a alguém. Primeiramente aos outros filhos, claro, e depois, se eles achassem por bem, contaria ao Bispo. Era um milagre ocorrido na diocese dele; era justo que soubesse e o transmitisse a seus superiores. Com certeza isso valeria alguma coisa ao rapaz onde ele estivesse.

Despachando o conto

Tirou a senha e foi sentar-se; muita gente, era manhã de sábado, poucas cadeiras vazias, calculou que haveria de esperar cerca de meia hora. Eram cinco guichês, ficou a observar os atendentes: eram bons; aquele pessoal dos Correios era bom, não havia queixas, não eram tão expeditos quanto ele gostaria naquela hora mas não eram lentos ou preguiçosos, guardavam um ritmo seguro, eram cuidadosos e atenciosos. O Brasil tinha experimentado uma sensível melhora neste particular do atendimento público em geral: fruto da democratização, da conscientização em geral, da fiscalização da imprensa, dos canais de comunicação e reclamação, ficou mentalmente listando os avanços e as causas deles. Enquanto observava.

Bem na frente da posição em que estava sentado, trabalhava uma funcionária, bem branca, cabelos bem grisalhos, de óculos, uma figura que no geral se parecia muito com a mãe dele, até no vestido alaranjado discretamente estampado com flores vermelhas, e sobretudo nos gestos, nas mãos, na meticulosidade dos arranjos que fazia nos envelopes, e em certo momento numa caixa a ser colocada dentro de uma outra, padronizada, dos Correios. As mãos eram brancas e destras como as de dona Edith, com a mesma cadência dos movimentos, do colocar o pão na torradeira, retirá-lo, passar a manteiga, do arrumar na gaveta as camisas passadas pela dona Léa, do ajeitar e pentear os cabelos, do manejar a direção e os controles do automóvel, ajeitar o retrovisor e passar a marcha de uma forma definitiva.

A funcionária devia ter sido casada e depois divorciada, abandonada pelo marido com dois filhos, uma hipótese que a igualava ainda mais a dona Edith, assim se escreviam os contos, um dos filhos podia ser da idade dele, seus trinta e poucos anos, olhava e via a vida dela se mexendo com os movimentos das mãos. Tendo de sustentar os três, conseguira provavelmente uma nomeação nos Correios naquele tempo em que se entrava sem concurso, por indicação política, devia estar perto da aposentadoria, mas continuava trabalhando com exação e dignidade, cumprindo seu dever sem alegria nem dissabor. O caráter dela, as mulheres tinham mais constância, mais aceitação da vida de deveres.

Podia ter posto isso no seu conto, na dona Clotilde que servira a vida inteira, tantos anos, desde mocinha descasada com uma filha, primeiro ao doutor Clóvis, Ministro, e depois ao Rubens, doutor Rubens, genro do Ministro, advogado conceituado que então já saía pouco de casa e gostava de ficar na varanda do apartamento, olhando o tempo e ouvindo os pássaros. Podia ter falado mais sobre ela, dona Clotilde, era uma personagem importante, que todo dia trazia do escritório os papéis e os assuntos que o patrão tinha de resolver, e ficava ali sentada um bom tempo na varanda, enquanto ele examinava preliminarmente os assuntos e lhe dava algumas respostas imediatas para serem levadas de volta. Ela também ficava olhando as árvores e respirando o ar ameno. Uma vez ousou perguntar o nome da árvore maior, com aquelas flores de noiva, que ficava bem na frente do prédio, do outro lado da rua, e era comum nas ruas do Rio, ela já tinha visto outras, chamavam a atenção pela beleza incomum das flores.

O doutor Rubens, que conhecia os pássaros, não sabia que árvore era aquela, alta, frondosa, que dava flores muito bonitas e diferentes, brancas, e efêmeras, murchavam de um dia para o outro, ficavam escuras, isso ele via quase todo dia, e dava também frutos grandes, marrons, como os do cacau; não sabia o nome, advogado vivido e moderno, ambientalista, conhecedor das coisas da natureza por implicação profissional, não sabia o nome da árvore, no conto não sabia, uma ironia posta ali por ele, o contista, como pensada por dona Clotilde. E entretanto ele mesmo, Cássio, o autor que aguardava, já tinha sabido o nome daquela árvore: uma vez, no consultório do doutor Fernando, folheando um livro sobre árvores do Brasil, tinha visto aquela, com foto e descrição, era comum na arborização do Rio, tinha lido e tinha esquecido o nome. Pois bem podia ter caprichado, procurado de novo o nome e colocado no conto, que ficaria enriquecido com este detalhe. Sem perder a ironia do ambientalista que não conhecia uma árvore tão comum no Rio. Não era uma ironia boba, era sutil e dizia respeito a uma certa superficialidade dos ambientalistas que brotavam de todos os lados no modismo.

Tinha dificuldade em falar sobre mulheres, aí estava, verdade. Falar sobre pensamentos e sentimentos delas, sutilezas, certamente por isso havia dito tão pouco sobre a figura humana de dona Clotilde. Podia se ter inspirado na mãe, na observação dela, dos gestos dela no dia a dia, como fazia agora em relação à funcionária dos Correios. Não tinha tido irmã, mas tinha convivido seis anos com Neide, sua mulher, tinha lembranças de toques femininos que poderia usar. Seus contos seriam melhores, mais ricos no conteúdo humano que lhes faltava, especialmente pelo lado feminino, o professor Lélio já havia observado. A matéria política e filosófica que lhes dava densidade seria muito valorizada por uma impressão mais forte no desenho psicológico dos personagens, no conteúdo humano, era o que tinha observado como linha de aperfeiçoamento o professor Lélio na oficina literária que continuava frequentando.

Poderia ter ido além. Dona Clotilde podia ter um encanto por Everaldo, o motorista do doutor Rubens que todo dia a levava do escritório à residência com os papéis, um rapaz jovem e de traços finos, educado, bem moreno, alto e esbelto, parecendo um artista turco que conhecia do cinema, ia na frente ao lado dele, sentindo os aromas dele, do creme facial, bem barbeado, do condicionador dos cabelos pretos, ondulados e abundantes, oh, natural que desejasse que ele a levasse a um canto de rua, parasse o carro e a beijasse, natural, podia descrever, o sentimento dela, tão humano, as reações físicas deste sentimento, podia tentar descrever, arriscar, sim, compor um conto romanceado e mais humano. Bem, é a tal história, podia perder-se no alongamento à margem da narrativa principal. Bem, podia tentar uma coisa maior, um romance, ainda ia chegar lá.

O conto estava pronto, ia ser remetido à revista literária paranaense que promovia o concurso. Não esperava ganhar mas, quem sabe, ter um reconhecimento, uma publicação na revista, que era conceituada, uma menção honrosa. Bem, era uma experiência. Não a primeira, pois havia participado de um outro concurso da Academia Carioca no ano anterior. Um concurso muito mais concorrido. Ou não; não sabia, não tinha ideia do número e da qualidade dos concorrentes deste próximo de que participava. Bem, tinha ganho o prêmio da Oficina, o do melhor conto escrito ao fim do período de trabalho do ano passado, um hausto de ânimo.

Fazia um mês que começara a se dedicar àquele conto, aumentando aqui, burilando, cortando excessos, um ponto que tinha tomado muito tempo e trabalho de cinzelamento era o da conversa do doutor Rubens com a mulher sobre a renúncia do Papa anunciada de surpresa total, ela era muito católica, dona Jaqueline, e na conversa o marido havia gracejado, de leve mas o bastante para ofendê-la: ela acreditava por inteiro na motivação da perda das forças do Papa para bom exercício do múnus. Doutor Rubens defendera a tese da falta de competência reconhecida numa autocrítica honesta do Papa, falta de vocação para o enfrentamento político de uma crise muito grave, por ele, Bento XVI, um teórico, teólogo emérito, incapaz de uma ação política pragmática, dura e eficiente para o enfrentamento do escândalo gigantesco. Este era um dos pontos fortes do conto, as razões convincentes do doutor Rubens, razões da experiência e da cultura, que elevavam bastante a qualidade do texto; a força dos seus contos estava sempre no conteúdo filosófico e político. Bem, o conto estava feito, tinha decidido parar a revisão infindável e enviá-lo como estava. Estava bom. Podia não ser classificado, mas com certeza seria reconhecido como um bom conto, podia vir a ser publicado.

Outro ponto que achava bem valorizado, também com um fundo filosófico, ligado à maneira de encarar peculiaridades curiosas da vida do advogado maduro que ingressava na velhice, era o das habilidades do doutor Rubens para atrair sabiás e bem-te-vis para a varanda, oferecendo sempre alguma fruta, banana e mamão principalmente, e assobiando, falando mesmo com eles, acreditando que eles o compreendiam, e compreendiam precisamente porque ele acreditava que eles compreendiam aquela fala simplificada, acessível aos pássaros. Aquele comportamento tinha uma clara feição de ridículo, óbvio, o ridículo próprio da velhice, do qual se ria com carinho. A maneira como havia descrito tudo aquilo tinha sido muito literária, um ornamento do conto, o professor havia gostado. E também o mal que lhe fazia, ao doutor Rubens, escutar o papagaio que habitava o apartamento bem em frente, do outro lado da rua, ver o papagaio preso na gaiola e conter a vontade que tinha de gerar uma denúncia, até como dever de ambientalista profissional, que não cumpria por veto da mulher, amiga da vizinha gentil.

Essas coisas femininas, seria também a reação da mãe, dona Edith, conhecia bem, podia ter aprofundado ali a linha feminina, elaborado mais a arte literária, evitava dizer aquilo que conhecia da alma feminina. Conversava pouco com a mãe, muito pouco, havia a barreira das gerações, natural, a própria linguagem, o léxico mudava de geração para geração. E havia o respeito no subconsciente, inibia-se no revelar a alma da mãe. Era forte a inibição no próprio falar com ela, não era capaz sequer de dizer do amor que tinha a ela, diretamente, incapaz de dizer a ela e incapaz de dizer aos outros impessoalmente numa peça literária. Pois tinha de vencer aquela inibição, um escritor não pode ser inibido, tem que saber dizer todas as coisas, as mais íntimas. Com nitidez e com arte. É o seu dever, o seu mister. Claro que ainda não era um escritor, era um aprendiz. Aquele conto era um bom conto de aprendiz, havia percebido isso no comentário do professor. Podia trabalhar mais, o sucesso do artista estava no trabalho. No talento, claro, mas sobretudo no trabalho, no esforço de aprimoramento. Podia trabalhar mais aquele conto, talvez merecesse. Sim, merecia, porque a parte da invenção estava boa, interessante, atual, mas a lapidação podia ainda melhorar bastante. O placarzinho luminoso anunciou o número da sua senha, 127, no guichê 4, levantou-se no automatismo, deu dois passos e hesitou, podia continuar trabalhando mais aquele conto, arriscava perder o prazo do concurso mas ganhava a qualidade do trabalho, ganhava sua própria satisfação interna, regozijo de realização e maturidade, tudo em poucos segundos, pensou e, sem pensar, virou a direção dos passos e saiu da agência dos Correios. Respirou na calçada um ar renovado e sustentador. Ia trabalhar.

O PRÊMIO

Deu o bom-dia de sempre a Marinalva e ela lhe entregou um envelope; foi subindo a escada, estava em cima da hora, e olhando o envelope, que tinha o timbre da Editora Campus, oh, meu Deus, acabou de subir e parou no corredor antes de entrar na sala, abriu o envelope no impulso do coração, oh, meu Deus, não leu o texto inteiro que era curto, estava todo numa página só, mas leu bem, com certeza, leu bem, logo no primeiro parágrafo, a expressão Primeiro Prêmio, e no final a palavra Parabéns! Oh, meu Deus, ele tinha vencido o concurso, o primeiro prêmio era do seu conto!

Perdeu o fôlego e sentiu a inflamação, era do corpo e era da alma, encostou-se à parede do corredor e inspirou fundo, duas, três vezes, ouvia o ruído das vozes dos alunos logo ali adiante, na sala onde ele ia ter de entrar para dar a aula. Era professor de Português no curso para vestibular da Rede da Maré. Tinha nascido ali na favela, tinha estudado e se formado em Letras, tinha acompanhado todo o movimento da associação de moradores e da criação da Rede, tinha realmente participado daquela construção admirada em toda a cidade. Era agora professor para a nova geração que se preparava para crescer e avançar. E gostava de escrever, tinha vontade e achava que podia vir a ser um escritor, escrevia textos que agradavam e tinha sabido do concurso promovido pela Campus, uma editora nova, cheia de gás e já conceituada do Rio, que buscava talentos promissores, escritores novos, e já pelo terceiro ano fazia aquele concurso que logo ganhou destaque na imprensa: premiava poemas, contos e romances, os três melhores de cada gênero, e publicava os vencedores.

Pois ele tinha ganhado o primeiro prêmio de contos, com o seu conto sobre a vida de um homem de sessenta anos que havia perdido uma perna quando jovem, jovem belo de estatura e de ânimo, jovem alegre, jovem educado, jovem do Rio e da praia, jovem do sol, atleta, remador do Botafogo, jovem sem nenhuma esperança de vida de repente, dali para a frente, num acidente idiota, subitamente morto de alma, de ânimo, para sempre. E que entretanto foi, foi e se reencontrou com a vida, dia a dia, gota a gota, devagar se reencontrou com a vida, plenamente conseguiu, e atingiu com o tempo um sentido de preenchimento interno que era felicidade, um sentido de cumprimento da vida. O conto findava com as cogitações dele, do personagem, já maduro, sobre o sentido da vida.

Olhou de novo o papel e leu então o texto todo dirigido a ele: era aquilo mesmo, o seu era o melhor conto, escolhido pela banca e premiado, parabenizado ao final. A face olhou o céu pela lateral aberta do corredor, um olhar de graça se estampou durante um tempo sem contagem, uma graça que tomava toda a atenção dele, toda a consciência daquele momento da vida, uma graça dominante como um sopro de ventura que lhe invadia o corpo e o espírito por inteiro.

E entretanto tinha de dar a aula, os alunos esperavam e o dever exigia. Foi e entrou na sala, fez um aceno para aquela animação. Sentou-se na cadeira, colocou a pasta no chão e o envelope sobre a mesa. Não; não ia falar nada sobre o seu prêmio. Mas também não tinha condições de dar a aula normal. Ficou num silêncio pensativo que os alunos acabaram observando e também aos poucos silenciaram com atenção: algo diferente se passava.

Felipe então foi dizendo aos poucos, sem levantar da cadeira como era seu hábito, foi dizendo que a vida era uma coisa toda cheia de mistérios que envolviam as alegrias e as tristezas; ninguém decidia nascer e ninguém decidia morrer, salvo os doentes, suicidas. Elevou-se a atenção dos alunos. Mas a vida era um conjunto de decisões de cada um, influenciadas por isso ou por aquilo, decisões também cercadas de mistérios que a psicologia tentava decifrar, sem conseguir. Teria um sentido esse conjunto? Um significado, uma razão de ser, essa vida humana? Pois era isso que ele queria saber de cada um dos alunos: não ia dar aula; pedia que cada um fizesse ali uma redação sobre aquele tema, o sentido da vida; dissesse o que lhe viesse à cabeça, que ele queria muito saber o que eles pensavam, eles que iniciavam a caminhada. E, ademais, aquele era um excelente exercício de redação.

Lívido

Quando finalmente abriu a porta, Waldir tinha o olhar esfogueado e o rosto lívido.

Fez-se o silêncio, as duas empregadas sem fôlego, minha mãe, um pouco atrás, em suspiro de alívio, Lúcia, largada, exausta, deitada na cama num choro convulso sem som, eu, menino, na varandinha de cima, olhando a cena estupefato: Waldir, cordato e prestativo, desde sempre vivendo de pequenos serviços ao redor da família, tão camarada, Waldir de todo dia que contava casos e histórias, compunha sambas e marchas, tão amigo e confiável, Waldir ali de repente tão diferente, mulato ágil ali branco de raiva, lívido.

E tinha mais na face: o entono de convicção que saía pelos olhos, o sentimento pleno do cumprimento do dever, o dever do marido que havia justiçado, castigado a mulher que tinha errado. A lei.

Moravam, como agregados, num quarto nos fundos da pequena casa da Barata Ribeiro, ao lado do quarto das outras empregadas. Tinham um filho pequeno, de sete anos, o Bartô, que estava na escola por empenho da minha mãe e vontade dele, Waldir, que via o futuro. Lúcia não era tão responsável, era bela, morena como ele, de olhos brilhantes e cabelos alisados, corpo bem feminino, vaidosa, sonsa, minha mãe dizia baixo, meio sonsa.

Devia mesmo ter feito alguma, isso era pensado. Waldir tinha saído de manhã e tinha voltado meia hora depois. Tinha sabido de alguma coisa na rua, tinha voltado para se trancar no quarto onde Lúcia ainda dormia. Primeiro o falatório, alto, crescente, depois o primeiro grito dela, e logo a surra, uns quinze minutos de surra e a consternação de todos na casa.

Consternação, sim, pela desproporção e a violência, pelos gritos da mulher mais frágil, pela ânsia de socorrê-la, as duas empregadas batendo à porta e gritando por Waldir, que parasse, que abrisse, minha mãe também descendo e acorrendo, o ruído todo era um escândalo, e a diferença de força e de agressividade era uma indignidade, uma covardia. E o tempo da surra excedia; um bom bofetão, uns cascudos, uma sacudidela forte e viril, a imposição de outros castigos, tudo pareceria razoável, tudo parecia dar alguma razão ao marido ofendido, Waldir não era de se enraivecer por um nada, e a mulher era sabidamente uma sonsa, leviana e bela. Porém, o exagero da correção era contundente.

E quando ele abriu a porta, enquanto as empregadas paravam sem palavras, ela disse só, minha mãe: "Waldir, agora chega!" Peremptória, deu as costas, confiante na reprovação

Waldir respirou, ainda lívido.

Resplandecente, eu vi.

O SENTIDO DA VIDA

Beijou a filha e saltou do carro; pediu que viesse buscá-lo no mesmo lugar às 10h45, uma hora e meia depois. Sentou-se no banco da calçada de frente para o mar, pousou as muletas de cada lado e olhou em volta, tudo bem conhecido, toda a sua infância e sua juventude passada em Copacabana, especialmente ali perto do Posto 3, morava então com os pais na Paula Freitas.

Olhou, respirou, pensou, como atos de vida, ficou três ou quatro minutos, cinco, e se levantou para ingressar na areia. No banco estava sempre ameaçado de uma invasão de espaço. Era uma noite fria para a gente do Rio, 7 de junho, tinha o dia na cabeça, pouca gente na rua, mas carioca é muito metido.

Ajeitou as muletas e desceu na areia, foi andando pausado, caminhando uma distância bem maior do que naquela outra noite, quarenta e dois anos atrás, quando ainda não tinha o domínio das muletas e andava sem jeito, era praticamente a primeira vez que estava saindo à rua sozinho de muletas, a lembrança ainda bem viva, tinha vindo de casa e deixado os pais preocupados, sentara-se naquele mesmo banco para descansar, e pensar, chorar talvez, e fazer qualquer coisa que ainda não sabia, era ainda todo confusão e depressão. Deu vontade de entrar na areia, a praia era mais estreita, não tivera de andar tanto para chegar perto do mar, não havia iluminação naquela noite do passado, a praia era escura, tinha parado ali porque dava para escutar bem o marulho e ver com nitidez a espuma das ondas. Não; não pensara em entrar no mar.

Agora a distância era maior mas o desembaraço com as muletas levou-o rápido ao mesmo local. Sentou-se na areia e logo se deitou com os olhos no céu. Estava com um blazer que agasalhava, lembrava-se ainda do frio que sentira da outra vez, era jovem, a energia do corpo compensava. E os olhos viram o céu, e logo outra diferença, a iluminação de agora tirava muito da visão das estrelas, apesar da limpidez do ar e da ausência da lua.

Conhecia algumas estrelas, ensinamento do pai engenheiro, e não teve dificuldade em localizar o Cruzeiro, bem nítido, símbolo brasileiro, e perto dele um planeta grande, com certeza Júpiter ou Saturno. Não via as Três Marias da constelação de Orion, na qual estavam Rigel e Betelgeuse, aparece os dois barcos do Botafogo, os seus dois barcos, com certeza não era época delas, já que seriam bem visíveis, mesmo com a iluminação da praia. Os barcos do Botafogo tinham nomes de estrelas, Antares, Aldebaran, Sirius; Betelgeuse era o iole a quatro em que começara a remar com o César e os irmãos Tavares, até o técnico Keller reparar e gostar da sua desenvoltura na remada, e colocá-lo de sota-

-voga do oito, que era o Rigel, para disputar o campeonato de estreantes, oh, tinha chorado da outra vez, agora não mais, aquilo tinha ficado muito longe, em distância de tempo e de vida, das muitas coisas que fizera depois da perda da perna e do extermínio cauterizado da paixão do remo.

Buscou mais no céu, tinha tempo, achou que estavam ali Alfa e Beta do Centauro: o pai dizia que eram estrelas duplas, duas estrelas rodopiando uma sobre a outra, parecendo uma só. Depois, a cauda do Escorpião, sim, aquelas três juntinhas, só podia ser, ficou olhando, belo, o céu do Rio, a imensidão, sim, era impossível deixar de pensar na imensidão, essa coisa inalcançável que é o infinito. E o tamanho inimaginável daqueles pontinhos luminosos. Deus, ninguém mais acreditava mas estava ali, era só olhar.

Ainda ia à missa naquele tempo passado, comungava na Páscoa, e como ficara chocado e revoltado, abalado, arrasado de tanta revolta com a injustiça de Deus, tremenda, inexplicável, inaceitável injustiça, tirar a perna de um jovem no tempo melhor do seu corpo, seu valor maior, estatura de um metro e oitenta, corpo ágil de musculatura e esbeltez, tipo longilíneo e belo, seu valor de vida, seu patrimônio, perdido pela estupidez de um piloto que descontrolara a lancha e a jogara de encontro ao barco, justamente o Rigel, no momento mesmo em que ele desembarcava e se desequilibrava, ficando a perna imprensada entre o barco e o cais, a dor gritante, a dor física atroz como nunca antes, e que não foi nada, nada depois da dor maior, muito maior, a de acordar no hospital sem a perna, amputada, não teve salvação, essa a dor maior, muito maior, para o resto da vida, para sempre, inconsolável, inexplicável, inaceitável, para o resto da vida, sem a perna direita, fim.

Era a vida dele, tinha sido a vida dele.

Não era uma recordação amarga tantas vezes repetida e chorada, era uma contemplação do céu e de toda a vida dele. Sem mais dor. A dor tinha esvanecido. Não sabia como, uma gota por dia, não sabia quando, quanto tempo havia durado, mas não havia mais dor, havia a vida, que ainda estava ali, e era boa, mesmo sem perna.

O acréscimo da dor tinha vindo logo depois, com o desfazimento do namoro. Foi pela dor o desfazimento, por ele mesmo, duas semanas depois, criancice pura, os pais disseram, confusão de alma mergulhada no desalento asfixiante e definitivo, não restava nada, não podia restar Cláudia que era do tempo que havia acabado, o tempo do corpo, sua riqueza, seu patrimônio, não era inteligente nem sábio, não gostava de estudar nem era um bom partido de família rica, era um rapaz bonito, só, não acreditava em milagre de Deus e não tinha mais nenhuma ilusão, era bonito e só, mas era, era no passado, tinha sido, em outro tempo acabado, agora era um mutilado, um perneta, não podia mais ter uma namorada como a Cláudia, desfez, tomou a iniciativa, irreversível, mandou dizer, não escreveu carta, não saberia fazê-lo, nem quis vê-la, peremptoriamente, não quis mais, soube da tristeza dela, soube que ela chorou muito mas não tinha jeito, a vida dele tinha acabado, era como se aquele Hélio namorado da Cláudia tivesse morrido, e tinha morrido, sim, se respirava ainda e pensava, e sentia, era outro que tinha nascido sem perna, pronto, tinha de ser forte, endurecido no poço da ruína, não tinha mais namoro, Cláudia era linda, merecia um namorado inteiro e saudável.

E aquela outra vida foi se refazendo gota a gota, camada por camada depositada a cada dia, tão finas que imperceptíveis, camada por camada, dia a dia, estava então no último ano do Clássico, o colégio foi solidário, ele fez as provas separadamente, ganhou o certificado e ficou em casa, um ano ficou em casa, a mãe e o pai, e Renato e Rosamaria, todos numa atmosfera de ternura e tristeza, a casa triste, não adiantava a ternura, era o clima da casa que fazia mal, todos queriam o bem e todos faziam mal, ninguém podia ser natural, igual a antes.

Mas foi; entretanto foi. Dia a dia, começou a ler romances e a gostar de ler, resolveu fazer o vestibular de Direito, era o mais fácil, aliás por isso mesmo era o que pretendia fazer antes da amputação, tinha de ter um diploma. Fez o curso de Direito, e foi começando a gostar de alguma coisa, a filosofia do Direito, as razões do Direito, o Direito Romano, nunca se havia interessado por História, e leu sobre a História de Roma, interessante a Humanidade quando se olha para ela. Começou a andar com mais agilidade, tentou uma perna mecânica, tentou por mais de dois anos, mas aquilo machucava, nasciam furúnculos no coto, acabou desistindo de vez, ficava mesmo com as muletas, duas muletas, podia andar com uma só mas preferia usar duas, dava mais ligeireza e segurança.

A vida é assim, um dia e outro, a gente não percebe. Formou-se, começou a fazer um estágio no escritório do Cássio Bolonha, um amigo do pai, começou ainda no quinto ano e continuou depois, como advogado, aprendendo, logo tecendo novas quimeras, ter sua própria banca, ser reconhecido, opinar em jornais como o Bolonha. Já tinha de novo a atração por mulheres, havia muito ela voltara inteira, como antes, tomou coragem e foi à Rua Alice, depois passou a ir toda semana, conhecido e querido, sim, mulheres podiam gostar dele mesmo sem perna, até putas podiam gostar e gostavam, ele teve certeza, era delicado de gestos e de expressões, e de feições, elas gostavam, e o diziam, como mulheres, bonitas, e ele acreditava, a vida veio voltando, dia a dia, a vida voltando inteira, mesmo mutilado.

Fez o concurso do BNDE e foi aprovado, olha aí, que recompensa da vida, sentiu a admiração dos outros, que bom, era um ambiente novo e fecundo de seriedade, o trabalho de produzir o desenvolvimento do País, a alavanca principal daqueles anos de investimento e de crença no Brasil, o otimismo encarnado em JK, o Presidente pra frente que animava o povo e construía a nova Capital.

Intuiu em alguns meses que era ali o seu lugar de realização profissional. Bem recebido desde o início pela sua afabilidade transparente; claro, pela falta da perna também. Respeitado depois, aos poucos, cada vez mais, pelo seu bom-senso e pelo saber que foi ganhando com o tempo e o estudo, assumiu por inteiro a condição de servidor público, sentindo que lhe ia preencher completamente aquela dimensão da vida.

E era afagado, ainda, na outra dimensão vital, a afetiva: querido pelo bom humor que era da sua alma desde jovem, amadurecido e acalmado pela bênção do tempo e do trato, foi-se fazendo seguro naquela comunidade de gente amiga.

Foi ali que conheceu Isa, oh, o tempo é a ventura, Isa foi a moça que encantou a sua vida. Tinha namorado, e entretanto, e entretanto foi gostando dele dia pós dia, gostando da sua suavidade, do modo delicado de procurá-la e de tratá-la, uma graça natural, gostando do encantamento que emanava dele, da alegria do seu rosto belo e jovem toda segunda-feira de manhã, um rosto suave, de pele clara e cabelos pretos e lisos, de uma barba cerrada que dava um tom azulado à face serena de olhos expressivos; foi e desfez o namoro, antes de ele lhe dizer do seu amor que se tornara radiante.

Casaram-se, para gáudio de toda gente do banco: tiveram três filhos, Isa continuou trabalhando e a vida foi a normal de todo bom casal com três bons filhos. Hélio foi chefe do Departamento Jurídico, foi o principal assessor de vários presidentes do BNDE, acabou sendo diretor.

Teve problemas em 64 depois do golpe de abril. O BNDE era muito visado e ele conhecido por suas posições nacionalistas e simpáticas às reformas de João Goulart. Era um cara de esquerda, sabidamente; ideias que lhe tinham ocupado a mente havia só alguns anos, ali no banco, bem depois de formado. Havia um grupo que se reunia para ler Marx e ele participava. Respondeu a três inquéritos, IPMs, foi chato, tentaram humilhá-lo, um capitão estúpido, passou um tempo tenso, Isa junto, e acabou não dando em nada.

Estava ali na praia com sessenta e quatro anos e ia se aposentar, não por escolha sua mas por imposição das circunstâncias: findava o seu mandato na diretoria e não ia voltar à vida antiga do banco. Sua vida estava vivida. Não ia para a empresa privada só para ganhar mais dinheiro, não era o seu mundo.

Vivida a vida, bem vivida na verdade. Estava ali no mesmo lugar, na mesma noite, quarenta e dois anos depois. Estava ali pensando a diferença dos tempos, não dos tempos da História, incríveis mudanças, mas dos tempos próprios dele: a dor do desencanto total naquela longa noite antiga, a desesperança absoluta, a morte, a vida morta, e agora a vida bem vivida quarenta e dois anos depois. Sentia dentro, a vida ainda vivendo dentro dele, a saúde que ia bem, ia continuar a viver, praticar atos de vida, não ia ficar jogando paciência e vendo televisão de pijama. Tinha vindo ali pensar nisso, no que ia fazer. Isto é, já estava bem pensado, ia escrever, uma série de contos retratando a filosofia do povo do Rio, a graça daquela filosofia bojuda de vida e de festa, já tinha até começado a esboçar os traços dos personagens que povoariam uma dúzia de contos, ia escrever, claro, já decidido, tinha vindo ali para outra coisa, olhar o céu e respirar o mar, os mesmos depois de quarenta e dois anos, dar graças àquela vida de mutilado. Pensar no sentido da vida. Ia escrever, gostava de escrever, já tinha escrito narrativas apreciadas pelos amigos, gostava de filosofia, tinha lido muito por conta própria, e queria desenvolver textos sobre a vida e o sentido da vida, textos literários de conteúdo filosófico, na visão muito especial do povo do Rio, o ser daquela gente amável e sábia.

O sentido da vida era a própria vida, claro, a vontade de vida, o fazer as coisas instintivamente sem pensar, no impulso da vida, prazerosamente, na simplicidade da gente simples, o que podia às vezes ser muito complicado, não importava, a vida desvencilhava, era o viver. E o viver humano era o falar, aí estava, o comunicar, o ensinar e aprender pelo falar, o poetizar no falar, fazer o belo no dizer, não existe o ser humano solitário, seria outro ser, um caule vivo, o sentido da vida humana é o dizer, a vida é a vontade e o seu sentido é a palavra, é a forma de dizer as coisas pela palavra que conforma a mente, a maneira de pensar, os conceitos, as ideias são palavras, a literatura é o dizer eterno e essencial do homem.

Literatura, é o que ia fazer; a filha chegou, preocupada, não o viu no banco e disse ó meu Deus, não era comum aquele inesperado passeio noturno do pai, um cara bem pautado, não afeito a extravagâncias, ansiosa, buscou-o de um lado e de outro, até vê-lo deitado lá longe, oh, havia iluminação. Preocupada e amorosa, a moça, a vida, aliviada, foi até lá e sentou-se ao lado dele. O céu e o mar de sempre.

Os primos de São Cristóvão

O Rio de eu menino, no final dos anos 30, era dividido em duas cidades: Copacabana e Tijuca, nesta ordem. O Centro não contava porque as pessoas não moravam lá, iam fazer compras ou trabalhar, não tinha menino, ficava bem no Tabuleiro da Baiana, onde os bondes faziam a volta e retornavam para as suas freguesias opostas, trilhando caminhos sempre à beira do mar ou dentro dos vales entre as montanhas. Havia os subúrbios, mais distantes, que eram acessíveis pelo trem; mas eram subúrbios, não cidades. Maria Vita, nossa babá, tinha a mãe e uma irmã que moravam no Méier, um dos primeiros subúrbios.

Copacabana era mais importante, era a nossa cidade, mais moderna e arejada pela brisa refrescante, mais ousada no ser, e mais bela, sem dúvida, o colar de pérolas do Rio. Tínhamos primos-irmãos na Tijuca, na Rua Homem de Melo, e rara vez os visitávamos; eles vinham sempre às nossas casas, os avós moravam na Rua Barroso e concentravam a família nos domingos. A Tijuca era uma viagem. Tínhamos primos também no Grajaú, uma parte remota da Tijuca; esses jamais, uma ou duas vezes fomos até eles. E havia primos ainda em São Cristóvão, também parte da Tijuca, porém com certa personalidade porque era um bairro que tinha História, tinha a Quinta da Boa Vista, os quartéis enormes. Esses primos, por exemplo, moravam numa chácara antiga e arborizada, com horta própria, onde perambulavam galinhas, cachorros e até uma cabra.

Um desses primos de São Cristóvão, Carlos, vinha com mais frequência à nossa casa, e era diferente, era versado em livros, sabia de História do Mundo, Napoleão, suas batalhas, lia Cesar Cantu; sabia da História do Brasil e falava do General Canabarro, chefe farroupilha que dava nome à rua da chácara. Era o mais moço de onze irmãos e irmãs de um clã muito forte e unido e, além da História, iniciava-nos, a mim e a meu irmão, no campo da Literatura, desconhecido. Passava uma tarde inteira em nosso quarto, depois da praia e do almoço, estirados nas camas, ele a nos narrar *A Moreninha*, ou as *Memórias de um Sargento de Milícias*, ou as *Aventuras do Barão de Munchausen*, era assim que ele pronunciava. Falava mal dos judeus, era coisa do seu clã, referia em tom maior *Os Protocolos dos Sábios de Sião*, nenhuma ideia tínhamos nós, mas aquilo não nos repercutia tanto como a História e a Literatura: nossos vizinhos, desde sempre nossos melhores amigos da rua, eram dois irmãos judeus com nossas idades e nossos gostos, que não tinham nada a ver com os sábios de Sião.

Uma vez entramos pela noite ouvindo dele *Os Três Mosqueteiros*, oh, noite adentro. E tinha continuação, ele disse, para outro dia: *O Visconde de Bragilone, O Colar da Rainha*,

Carlos lia livros, era um outro mundo para nós, habituados ao *Gibi* e ao *Globo Juvenil*. Um outro mundo interessante; e importante: trazia junto todo um outro modo de ser que nós começamos a perceber.

Para ele, o inusitado era a praia que nós dominávamos e o mar onde ele entrava medroso de rir para nós. Havia já o interesse pelas meninas, de maiô, era Copacabana, ele conhecia pouco, a valorização das curvas e das carnações lisas de mulher, amorenadas do sol, comentava-se. Vez por outra, era raro, reconhecia-se uma tijucana ali na areia pela alvura da pele, que a mim fazia apelos especiais exatamente pela preciosidade.

Outras vivências nossas ele conhecia, claro, o cinema, o sorvete, o footing, os irmãos iam muitas vezes à Praça Saenz Peña, o ponto mais denso da Tijuca. O futebol era também do mundo dele; só que diferente: era vascaíno, coisa que não existia em Copacabana, só os portugueses donos de botequins. No clã, os mais velhos, mormente as moças, cuidavam dos meninos, ele era o menor. Os procedimentos eram rígidos, vinham do pai, engenheiro ferroviário bravo e disciplinado, praticamente aposentado, que era o dono da biblioteca, o dono da casa e da mulher e dos filhos todos. Mas os princípios eram retransmitidos em cadeia a partir do filho primeiro, Octavio, que era um chefe político integralista, que tinha ficado na cadeia quase uns dois anos e se dizia na família que havia apanhado muito. Mas conservava a rijeza e o penacho. Carlos sabia muito de Plínio Salgado por intermédio dele.

Uma das moças irmãs um dia adoeceu gravemente de tuberculose renal e o clã mobilizou-se por inteiro para salvá-la. Acabou falecendo, coitada, não havia antibiótico, depois de quase um ano de luta e sofrimento. O fato é que, por conta dessa doença trágica, os dois meninos mais moços, Carlos e Marcos, que tinha três anos mais que ele, foram afastados de casa e passaram oito meses hospedados em nossa casa, frequentando o nosso colégio, que era o Mallet Soares. Devo a eles, e a esta temporada, o meu gosto principal de vida, todo o meu interesse pela Literatura, pela História e pela Política, eu que antes só pensava em ciência e matemática e achava tudo o mais perfumaria tão cheirosa quanto inútil. *O Tesouro da Juventude*, parado ali em dezoito volumes, intocados havia anos numa estantezinha, foi aberto, folheado, muito lido e explicado, eles sabiam tudo, os dois, até das gravuras de Gustavo Doré que ilustravam o *Dom Quixote*. Absolutamente marcante.

Por isso, e por outros conhecimentos que se iam revelando, foram para mim os seis meses de maior alargamento e iluminação da visão de mundo e de gente que trago até hoje. Refinamentos desta visão busquei depois, e alcancei alguns muito importantes por minha conta; mas a abertura da fresta e da luz deu-se naquele tempo de convivência com os dois primos de São Cristóvão que liam livros.

Marcos era um pouquinho mais adiantado e sabia de mais coisas da vida que não noticiava. Não sei se passava para Carlos, e de que forma passava, era de longe o irmão preferido, muito ligados os dois, de forma tocante para nós. Marcos era já um moço, um moço delicado, de estatura fina e alongada, de cabelos cacheados e nariz afilado, de olhos mansos mas espertos e luminosos, a Trani sentiu logo aquele encanto.

Era a festa de aniversário de quinze anos dela, da Trani, a irmã de Josef, da nossa turma da Rua Tonelero, nós fomos convidados. Havia um corpo de mulher naquela menina de quinze anos, desenvolvida de seios e de pernas, tinha uma boca saborosa e uns olhos verdes ardentes. Quando a viu, Marcos se apaixonou, era assim, de arrebatamentos, discreto, sim, educado, mas apaixonado. Trani era judia, que ironia, o que mais excitava e mais o prendia no laço. Dançou com ela, não era um especialista mas tinha a sensibilidade da música e do ritmo, e teve coragem, ousou e agradou, desajeitado mesmo, ela gostou; ela que dançava muito bem, era sempre celebrada, ela gostou do jeito dele. E também se apaixonou. E enovelou-se a partir dali um enternecimento e um drama.

O pai da Trani era também um dono consciente; um industrial, dono de uma fábrica de colas, vernizes e tintas para sapatos; dono da maior e melhor casa da rua, na esquina com República do Peru, dono da família, a mulher e três filhos, havia uma outra moça, Freida, já casada, mas ainda obediente ao pai; dono dos empregados obviamente. Era judeu embora nós nunca pensássemos nisso na convivência com Josef e Trani. E era um dono cuidadoso com o futuro dos filhos, e o casamento que tinha em mente para a Trani era bem outro, dentro da comunidade. Então, pronto: soube daquilo, o namoro de portão prosperava e era visto, soube e veio a ordem, a proibição, a reclusão pela insistência dela.

E a desolação para Marcos, espessa, escura, compartilhada por Carlos e todos nós, que queríamos ver a luz do namoro, todos da turma, inclusive Josef, que abria caminhos de comunicação. Marcos fez uma carta e um poema, inspirou-se em versos de Castro Alves sobre uma judia bela de que se recordava, a rua toda conheceu e admirou, era inusitado e belo aquele sentimento, era nobre.

E nobre também a tristeza funda da Trani. Chorou muito mas não tinha jeito; só saía para o colégio, de ônibus na porta, ou acompanhada da mãe para outras precisões de muita necessidade.

E findou-se; gota a gota findou-se aquele amor forte, puro e jovem. A irmã doente morreu em São Cristóvão e o clã todo reclamou de volta os dois irmãos. Fui várias vezes à chácara, depois; eles nunca mais voltaram a Copacabana.

Poema

A Criação é.

E é sagrada, a Poiésis. O nada é impensável.

Quando respiro de manhã eu sinto esta comunhão, a mesma dos pássaros que voam sustentados pelo ar mais leve àquela hora, que cantam a luz e o tempo da Criação, o mesmo tempo meu que recomeça devagar a cada dia.

O tempo e o espaço são os continentes da Criação. Uma vez eu vi numa exposição sobre Einstein o movimento filmado de uma bola quicando no mesmo ponto dentro de um vagão em velocidade e compreendi instantaneamente a explicação do espaço-tempo. Em minutos, ou segundos, esqueci aquele entendimento, e nunca mais o recuperei. Melhor assim.

Nós nos pensamos, humanos, seres últimos, remate da Criação, o ponto Ômega de Chardin. Pensamos curto. Pensar em outra espécie mais evoluída parece um exercício inconsistente. Chardin, religioso, não o fez. E, entretanto, inevitável pensá-lo à luz da razão, que é o nosso destaque no processo.

Incongruente é a nossa mente. Pequena.

Mutação é a palavra que enriquece a vida. Dos dois lados: do lado do que é a vida mesma, no seu fluxo incessante até depois da morte, alimentando outras vidas; e principalmente do lado da grande evolução dela, ou da vida da vida, feita de mutações nas espécies. Por que se extinguiria essa evolução? Ponto final de uma filogênese privilegiada? Pela imagem e semelhança de Deus? Ora.

A criação do homem é o deus pequeno à sua imagem e semelhança, poderoso, vaidoso e prepotente.

É ele mesmo, de fato, este deus pequeno, o homo, saudável como os bichos, exercendo livre e inconsciente, automaticamente, a vontade de viver, e operando, feliz nos seus limites, a enorme fazenda do Éden. Doente, entretanto, essencialmente, como é, inquieto nos limites do mundo, insatisfeito em ter apenas a imagem e a semelhança da sua criação, quer a ultrapassagem desse mundo, quer a transubstanciação, a realização inteira da sua natureza divina. A vontade, sua essência, quer ser maior que a vida, quer conhecer o cosmo até o fim e ocupá-lo; quer conhecer e operar sobre a própria vida em todo o seu mistério geracional. Vai, vai, cego de paixão. É da sua essência, da sua vontade essencial.

Qual será a da nova espécie?

Não vou me jogar neste voo: Ícaro caiu por muito menos. No raso, prefiro, sei andar e ver as coisas, posso avançar passo a passo até depois do arco-íris, e ver lá como estaremos nós mesmos, nosso homo, no planeta natural e na felicidade dele mesmo, em suas três dimensões: na saúde, no amor e no trabalho.

A saúde é o corpo: belo e hígido, sem dúvida, eu o vejo daqui resplandecente lá na frente, depois de tanta pertinácia no microscópio e no laboratório, na busca e na conquista bioquímica; o corpo, acariciado e exercitado em academias, dosado e esculpido, por dentro e por fora. E a morte é suave, sem ser citada. O problema da saúde está na mente, o lado sutil e incontrolado do corpo, na mente turbinada e fervilhante, a nossa mente disparada, disparatada, que fazer?

Há um culto a Freud pelo raio de luz que entrou através da fresta que ele abriu, mostrando pela primeira vez o fundo daquele vasto e insondável poço onde se armazenam as forças do vulcanismo humano. A Humanidade é outra depois de Freud, pensemos bem, e rendamos quanta homenagem possível à sua coragem de enfrentar as pedradas do mundo naquela virada de século. Claro que não se compara com o que Jesus enfrentou para abrir a luz do Amor. Mas Copérnico, por exemplo, não quis enfrentar, só falou depois de morto. Galileu renunciou à sua verdade no tribunal. Einstein arrostou somente dúvidas científicas, coisa civilizada. Só Marx também enfrentou as pedras, é verdade, ele e Jenny, e também por isso é venerado e merecido. Só ele; ela ainda não contava.

A neuroquímica é outro rio que avança nos laboratórios e vai aliviar muita desgraça, com certeza, com drogas e aparelhos. Mas não vai curar; por exemplo, a doença profunda da vaidade. De onde vem este impulso tão violento que é a vaidade humana? É um hormônio que pode ser aquietado com comprimidos ou gotas? E quem vai querer tomar esse calmante para ficar para trás?

Dostoievski criou um personagem que se mata para provar, provar cabalmente, sua liberdade absoluta, sua independência, sua autonomia absoluta, para mostrar que era o único capaz dessa decisão suprema, o único no mundo a se matar sem motivo nenhum, a não ser provar sua absoluta autonomia, como rei absoluto de si mesmo, deus de si mesmo, o cúmulo da vaidade. José de Alencar esrever "Ubirajara", o romance do índio brasileiro antes da chegada de Cabral, e o que mais ressaltava é a vaidade inabalável deste ser ingênuo e puro.

A vaidade é quase a própria vida humana. Ou não é quase, é a própria força propulsora.

É parte do instinto da vida? Cumpre a velha lei da luta na selva que está na nossa seiva? É precisão da grandeza para vencer os outros e se imortalizar? Meu Deus, que força tem este sentimento do homem que o desumaniza tanto e mutila a sua vida saudável! Jesus convenceu no amor, convenceu no perdão, mas, cá para nós, ainda não convenceu na humildade, no gesto do lava-pés. O homem é capaz de compreender, amar e perdoar, mas ainda não se agacha para lavar os pés do seu semelhante; só lava os pés da sua amante, e até tê-la na cama.

Claro que a dignidade é necessária, imprescindível como os ossos do corpo, a coluna vertebral que dá sustentação e verticalidade ao corpo e ao ser do homo. A vaidade, porém, é a escalada ao infinito, é a doença fatal da dignidade; a vaidade pode matar, deteriorar o corpo de desgosto, e pode fazer matar, tirar da frente o feridor. E ainda não tem cura: o tratamento pela contemplação do universo com o cantochão de que não somos nada, não somos nada, nadifica a pessoa e pode levar à loucura, não somos nada, não somos nada mesmo, logo é melhor acabar com tudo!

A força da vaidade gera a figura notória do adulador, o profissional instilador-sugador, normalmente reles mas, não obstante, parasita inteligente e vivo e nutrido que se propaga e multiplica. Há todavia especialistas que se destacam, muito talentosos, eu conheci vários na política, um especialmente sensível e refinado, chamava-se Tancredo (nada a ver com o Neves), era político, extremamente cuidadoso e educado, de terno e gravata, culto, a política é uma seara de aduladores, mas este chegava a ter qualquer grandeza: toda manhã lia os jornais e investia duas horas de telefonemas certeiros de parabenização, torpedos na linguagem rápida de hoje, que semeavam a adulação do dia, oportuna e adequada, promissora. E de bom gosto. Era um expert.

Há outras figuras-satélites também da vaidade humana: críticos, profissionais da mídia, os que cuidam da informação, os que produzem a informação e a imagem, a riqueza imensa da imagem, enaltecem, fazem cantores, músicos e atores, como os desfazem, destroem, ou muitas vezes não fazem nada, não dizem, apagam. São deuses. Por vezes canalhas.

Só a razão pode intervir para amenizar a vaidade: a filosofia, Schopenhauer, talvez, não sei. Ou a poesia, quem sabe, ficar elaborando um poema, minuciosamente, palavra por palavra, letra por letra, como um ourives a fazer a joia, que nunca ficará pronta mas aquietará a força destruidora que quer grandeza qual a sorte não dá.

O símbolo da vaidade é a Glória. Fizeram de Jesus, o humilde, o mais humilde, nascido na manjedoura para ensinar ao mundo o amor e a humildade, fizeram de Jesus um glorioso-mor, sentado num trono universal à direita do Criador do cosmo. Eu não consigo apagar Jesus no meu poema; e me recuso a vê-Lo assim como os homens vaidosos O desenharam.

A Glória é o cumprimento maior da vaidade humana, a preeminência absoluta do ser do homo sobre os outros. Sobre os outros: o homem deseja ser sobre os outros. Naturalmente deseja; essencialmente deseja. Por quê?

Animais são vaidosos? Parece que sim. Plantas, não; mas por que a sumaúma e o sobreiro crescem tanto e cobrem suas irmãs? Que força é essa? E as pedras? Não, as pedras, não; as pedras têm mais dignidade.

Tem muitas vertentes a vaidade. Há uma particularmente ampla e próspera: o consumo, o ter, o poder ter, o ter mais, mais que os outros, o mostrar, o aparentar, ter o que os outros não têm, um automóvel especial, esta graça, o sorrir sempre do vitorioso, a febre da doença vaidosa. A ciência cura o corpo, faz milagres, não cura a alma. O amor? Será?

Chega, quero crer. Bem, o porvir.

O amor é a segunda dimensão forte do espaço-tempo da Criação; não, é a primeira: as pedras têm o amor da coesão e da gravidade. O Ômega é o amor do homo.

O porvir é a civilização do amor, diz um pensador francês atual, Luc Ferry. Escreveu um livro, não sei se convenceu porém mostrou.

O amor é de fato a grande esperança, é o fio salvador, ou é a própria Humanidade. Jesus é a expressão maior do Amor. Mas o Amor que salva é o cristão, não é o bruto, sacana, o freudiano. É o amor inocente e simples, belo, diferente como era o amor em Portugal.

Lembram-se?

Faz muito tempo mas ele ainda anda por aí. Pode-se vê-lo no fundo dos olhos de um mancebo terno e suscetível. É o amor simples, o mesmo da manjedoura, do Presépio, que tem várias faces, inclusive a do sexo gentil e terno, a procriadora e criativa, todas elas irradiando mansidão e generosidade.

O amor também cura, de verdade; leva tempo mas cura até a vaidade. E, entretanto, também tem doenças, muito graves, o amor-ódio que mata e o amor-dor que dissolve e devasta.

Mas o amor tem futuro, sim, vai tendo bênçãos que vêm da arte mas também do dia comum, o amor é respeitado. Requer tempo, aí é que está, requer tempo para ser cultuado no seu templo a céu aberto, a convivência. É cerceado só pela vaidade, o ciúme, a mesma coisa, esta doença do ego que exige o cuidado sempre maior e gera a ânsia, asfixia a libido, seca o tempo do amor na luta incessante pelo poder, no trabalhar mais e mais pelo ter mais, pelo ser mais que os outros. O amor cura; é companheiro do outro trabalho, o franco e espontâneo, desobrigado, o trabalho-gosto, é irmão fraterno nessa luta contra a ânsia do ser mais que o natural da vida, é irmão da saúde na luta contra a doença do ser que é o deixar de ser por querer ser mais.

O amor tem futuro, sim: se se juntar com a saúde e o trabalho, é capaz de construir um tempo de bem-aventurança e de fruição do bem no espaço do nosso mundo. O espaço-tempo do Ômega.

Mas não sei dizer mais do amor, não quero resvalar para a mundanidade e falar aqui de mulher, encher páginas sobre as minhas preferências, fascínios e caprichos, a mulher melindrosa de antigamente, de pele muito clara e cheia de não me toques, exigente de orações de amor ditas de joelhos, coisas que me excitam o corpo e a alma, criam uma atmosfera erótica com um pouco de concupiscência para a qual não há palavras nem poemas, só beijos, suspiros fundos, carinhos, afagos, repetidos, repetidos infinitamente, mulher, bela, bela mulher, sempre, para sempre. A mulher vale um poema e eu não sei fazer.

Então pulo para a terceira dimensão, a do trabalho, a essência do homo, agora na definição de Marx. O homo não é mais o que sai todo dia ao léu em busca da caça e do fruto pelo cheiro; o homo, o sapiens pleno, domestica a caça e tem-na à mão; como domestica a planta e tem à mão o seu fruto. É o trabalho. Para si. Para os seus. Irmãos.

O homem, com trabalho e astúcia, criou um animal sem face, divinizado, um Leviatã particular dos poderosos, o Capital, que aprisionou o trabalho do homem, domesticou-o e fê-lo produzir mais e mais Capital. Novamente a doença do ser alienou o homem da sua essência.

Bem, falar sobre o trabalho é outro cosmo.

Trabalho é matéria política e não quero ingressar nela neste texto. Fico na homologia entre as três dimensões do ser, o trabalho com a saúde e com o amor: é preciso libertar o trabalho, tirar-lhe as cadeias do capital, deixá-lo ser agricultor pela manhã, enfermeiro à tarde e poeta à noite, segundo o gosto e o impulso. O que a política pode fazer é iniciar o movimento, reduzir a jornada legal e ampliar a faixa livre, saudável e amorosa do trabalho.

De repente, no que veio à cabeça e saiu nas letras, eu me revelei a mim mesmo. Como gostaria de ser agricultor! Daquele primitivo, de enxada e ancinho a fazer horta e plantar um milharal, tal como seu Carlos em Correias há tanto tempo, feliz tempo. Como eu queria tratar de pessoas doentes e sofredoras, tratar no sentido mais amplo, de enfermeiro, o que se dedica aos enfermos, alivia e cura enfermos, até tratar de doentes de espírito, tratar do ser humano, carinhosamente, com carinhos físicos também, que sentimento bom eu teria nesse trabalho.

E como eu queria ser poeta.

Bem, outros ofícios ainda: biólogo, geólogo, restaurador, músico, cantor, alpinista, maquinista de locomotivas antigas, a vapor, uma lista de vidas frutíferas e prazerosas para o trabalho, o trabalho-saúde, o trabalho-amor.

Nossa dimensão é ridícula, muito ridícula, realmente ridícula, a gente percebe quando pensa na Criação, nossa mente não a atinge nem de muito, muito longe, somos todos ridículos grãos de poeira, e entretanto o somos com dignidade; quantos poetas já disseram isso formosamente.

Inventamos as palavras, que nasceram articuladas na boca do ancestral, no esforço de comunicar, de avisar, de chamar os outros, nossa vida sempre esteve nos outros, nosso inferno também, mas isso não quer dizer que a vida seja um inferno, porque ela é bem o contrário, paradoxalmente é o salto cotidiano para o gáudio, o ser e a jovialidade.

Desse comunicar primordial nasceu a ideia do registro, do contar para os descendentes, desenhar nas paredes as imagens e dizer experiências para os outros do futuro. As palavras ditas, cantadas, decoradas, repassadas, rimadas para facilitar a memorização. E o homo viu e sentiu que havia beleza nas palavras, assim como nas cores e nos desenhos. E aperfeiçoou essa beleza, trabalhou, trabalhou, lapidou para maior beleza, o trabalho criativo, o homo elaborou as palavras por gerações e gerações, milênios, até Homero!

E nasceu a Poesia, que está aí até hoje. Diminuta, hoje, talvez, há muito mais relatório que poesia, mas ainda há para se ler, ouvir e venerar.

Bem, tenho a matéria do Poema. Agora é só sentar com calma e inspiração, e fazê-lo. E esforço, também, principalmente, trabalho, sim, gosto pela poesia.

O Poema tem de falar muito de amor, sempre, e eu não sei fazer esta fala especial, só sei falar simplesmente, mas não é isso, tem que ser liricamente, romanticamente, não, não precisa ser romanticamente, é melhor até que não seja, na nossa idade, na nossa época, doutor João Cabral, mas tem que ser liricamente, isso tem.

O Poema tem que ter também uma saga, não tem? A saga da Criação, por exemplo, ou outra de grande dimensão. Eu comecei até a falar da Criação, coloquei a palavra ali, mas só fiz isso, pus a palavra e não desenvolvi o poema, não desenrolei a saga em versos. Nem comecei. Não sei.

Então, verdadeiramente nem comecei a fazer o Poema. É preciso fazê-lo; tenho de fazê-lo, por necessidade.

O problema é que não sei fazer poemas. Só tenho a vontade mas não tenho a energia, a de Homero, a enérgeia, o saber fazer, preciso adquiri-lo antes de começar, e quero começar, preciso começar.

Preciso então estudar, vou estudar, é estudando que se aprende. Oh, que coisa boba.

Fica aí a matéria, guardada para depois.

Depois farei o Poema.

Sem ânsias.

Agora, contemplo e espero. Aqui, neste lugar.

Aqui se frui o espaço-tempo da paz. Aqui se escuta o nada grandioso. Aqui se curam o câncer e a vaidade. E, mais, aqui se aspira o fino ar de Deus.

O SORRISO DE JORGINA

Ia pela calçada da praia em manhã de sol ameno, era mês de junho antes de Santo Antônio. Levava pela mão a Manoela, era babá da menininha feliz da Maria Adélia, e buscava a saúde daquele ar marinho abençoado de Copacabana. Parou por um momento de brisa, olhou para o mar e sorriu. Sorriu de prazer, claro, mas também de bondade, ou de felicidade, daquela bondade feliz que lhe era natural desde menina, criada em Nilópolis com o carinho da mãe. Sorriu, sim, também de outra felicidade, aquela do coração, que havia chegado junto com a carta, a cartinha, o bilhete de Reginaldo pedindo perdão, pedindo volta, jurando amor.

Então era, era um dia propício, eram assim os dias de Jorgina na sua maioria. E sorriu. Só não sabia que estava sendo fotografada no sorriso. Do alto do posto de salvamento, um profissional fotografava instantâneos para uma propaganda da prefeitura sobre as novas posturas que regulavam o comércio ambulante nas praias. Não sabia que o seu sorriso de dentes muito brancos na face morena de cabelos ondulados e desalinhados pelo vento, não sabia que compunha um instantâneo tão belo e adequado para qualquer ilustração propagandista, não só de dentifrício como de qualquer outro produto gerador de saúde e de bem-estar.

E foi assim que sucedeu que a foto de Jorgina daquele profissional foi admirada e vendida a outro, que trabalhava para o marketing de um banco, que buscava então uma imagem de felicidade e logo classificou aquela foto como candidata à seleção para o seu objetivo. Tinha de encontrar a pessoa, o fotógrafo da prefeitura dera a dica, e precisava obter a autorização da moça, comprar o direito de imagem, o que não seria caro, no caso, talvez até de graça, pela promoção dela, da beleza dela aparecendo em revistas, e este era um fator que conferia um grau maior de pontos àquela foto na avaliação da seleção.

E assim tudo se passou: Jorgina foi procurada, localizada com certa facilidade porquanto vinha frequentemente com a Manoela àquele mesmo ponto da praia, em frente à Constante Ramos, e foi inteirada do assunto, do interesse na sua autorização para o uso público da sua fotografia. Nenhum valor de compra foi mencionado mas foi marcado um encontro no escritório da firma de publicidade, dali a dois dias, no Largo dos Leões.

Ora, aquela! Foram dois dias daquele sentimento completamente novo na mente simples e morena de Jorgina: a cara dela aparecendo em propaganda de revista, um arrepio, como seria? O inesperado, nunca, nem de longe, rodou aquilo mil vezes na cabeça dela todo o tempo, uma fama de repente. E aquela coisa de direito de imagem, que precisa de autorização e que pode ser vendido, que era aquilo?

Que dinheiro podia ganhar, só por isso? Nem perguntou a ninguém, não saberia explicar, não conhecia ninguém que pudesse entender daquilo, nem queria falar com ninguém sobre aquilo. Medo de ser uma enganação, de fazer papel de boba, medo até de cair numa armadilha, pensou em não ir. Mas a vontade de saber o que era, o impulso de viver aquela novidade era invencível, dava um nervoso.

Foi. Não dormiu direito mas levantou e foi. Decidida e tensa, foi. E não era armação, era coisa séria. Ela ia aparecer na propaganda de um banco como uma pessoa que tinha feito uma coisa certa e estava feliz, recompensada. Sim. E aquilo podia abrir outras oportunidades, de outros anúncios, ela podia ser modelo. Sim. E podia ganhar um dinheirinho logo, assinando a autorização. Sim. Dois mil reais. Sim.

— Assina? — Mostrou o papel.

Vacilou, assim, de repente... pronto.

— Amanhã, está bem?

Amanhã? Sim, amanhã. Por que amanhã? Bem, é melhor, penso mais um pouco. Está bem, mas amanhã mesmo? Mesmo. Espero você aqui à mesma hora. Sim.

Saiu e não sabia. O alvoroço, a confusão na cabeça, a vontade enorme de aceitar, e o medo, a vida simples de que gostava, seu trabalho, sua gente, Reginaldo agora decidido, casamento, seu caminho natural, de repente aquilo, parecia tentação, volúpia, coisa do maligno, fama, dinheiro, o medo e o impulso terrível da vontade.

A mãe arregalou, disse: "Vai, filha, o que cai do céu não se rejeita." A irmã Celina esbugalhou: "Vai que é a sua; pede mais que eles te dão; pede cinco mil." Avantajaram a vontade dentro dela: não era do mal, mãe sabe quando é, não podia vir do mal, era uma bênção.

Só faltava Reginaldo e Jorgina temia, a intuição lhe dizia. E não deu outra: "Não vou casar com uma modelo, que todo mundo fica vendo e querendo."

Ela sabia. Pior é que tinha sonhado, pra depois vir aquela cortada, um não peremptório. A frustração funda, quase revolta, não era ainda seu marido, direito não tinha nenhum.

Mas era o seu homem, que a vida lhe tinha destinado, o destino, a vida, a sua vida, o seu mundo, a sua gente, o seu limite, sim, aceitava o mando do seu homem e rejeitava aquele sonho vão, que não era do mal mas era irreal.

Saber

Procópio: o valor do homem está no seu saber e na sua dignidade, lição primeira que aprendera com o Velho e ficara sendo sua diretriz de vida. O sujeito podia ser negro, magro, feio, enfermiço, valetudinário, mas tinha de manter, por dentro, sua dignidade, na postura, no gesto e no falar, no vestir também, andava sempre de terno e gravata. Dignidade não era soberba, notassem, era dignidade, e não caía do céu, não era regalo, vinha do saber, tinha de ser conquistada pelo saber, na lição do Velho.

Conhecia de ver na meninice, lá no São Carlos, os caminhos antigos da boa dignidade, a capoeira, o manejo da navalha; conhecia também os caminhos modernos através da bandidagem sem-vergonha e bruta, tecnológica, de capuz, que via agora em Vila Rosário onde morava numa casa pequena mas decente, só com a mulher, os filhos pelo mundo mas no decoro. O morar, como o ser, também tinha dignidade. O ser em casa, com a mulher, a rotina silenciosa e respeitosa, dignidade também.

Mas havia outra rota, mais segura e verdadeira, para a construção da vida digna, aquela da ciência do Velho que tinha cultivado. Sabia das rezas do bem e do mal, fazia para ele mesmo, a proteção de Congo Monjongo contra azar de dia e de noite, contra polícia e vagabundo, e fazia para outros a pedido; se a pessoa retribuía com alguma coisa por iniciativa própria, um óbolo, aceitava com dignidade; se não, também não tinha nada, era a obrigação do poder dele, responsabilidade.

Rezava a oração do poderoso São Jorge, em nome da Santíssima Trindade, dizia salve a banda de Minas, salve a banda de Cordeiro e a banda de Cantagalo, e assim tirava a dor de qualquer parte do corpo da pessoa, como qualquer outro mal, de lagartixa e de lagartixeiro, e a dor da parte da alma também; tirava do corpo da pessoa qualquer ar de coisa má, o ar de cova. E também sabia machucar, quando necessário, na exigência da dignidade, convocava sete almas furadas, sete almas queimadas, sete almas afogadas, e o inimigo não tinha sossego, e podia até perder toda a saúde, conforme a palavra certa e sabida, dita por ele.

Tinha saber, conhecia mais de sessenta ervas e fazia com elas todo tipo de remédio, poções e emulsões, fazia xaropes, concentrava as essências poderosas cozinhando ao sol do meio-dia num vasilhame próprio, e produzia resultados certos e espantosos, de energização de pessoa combalida, misturando, por exemplo, ovo de lagarto no concentrado, tiro certo para conseguir energização no ato do amor, ou dinamização do sangue para enfrentar lutas extremas. Fazia mais, coisas que curavam todo tipo de mal, da vista ou da audição, do fígado e do coração, males da locomoção também, fazia banhos que preparava à base de alecrim e amor-do-campo, era um saber, o sustento da sua dignidade.

Procópio foi chamado e atendeu a um rapaz na Gávea debilitado por um tratamento químico. Foi lá, constatou a simpatia e afeiçoou-se de primeira, fez a reza comprida e toda semana ia levar uma garrafa do tônico. Toda semana via Isaura de cabelos alisados cor de caramelo, uma boca de flor orquídea e um corpo de belas curvas femininas. E a cada semana sentia o desdém daquela fada caramelada que lhe espetava o coração. E machucava mais que a incredulidade leviana da patroa, a mãe do doente, gente de outra porção do mundo que não cria em africanos, tinha seus santos próprios. Só o Alex, o rapaz, acreditava, e melhorava a cada semana, e perguntava por ele. Tanto que a mãe findou por mostrar atenção, pediu licença e lhe deu uma soma.

Isaura, não. Nada. Semanas, nada. Foi dando então aquela flama e pensava nela todo dia. Foi levar o tônico e daquela vez pediu para ir ao banheiro sem intenção, até meio envergonhado, porque precisava mesmo se aliviar, e no banheiro viu dependurada na torneira do chuveiro a calcinha de Isaura, só podia ser dela. Surrupiou decidido ali na hora, pôs no bolso. Em casa fez a reza forte naquela peça limpinha e vermelha, com rendinhas.

E já na semana seguinte o resultado: notou os olhos risonhos, duas ameixas diferentes. Então decidiu e declarou: Isaura escutou. Escutou, oh! Despediu-se, beijou-lhe a mão de mulher e ela sorriu.

Na volta, o coração cantava e o ônibus ia veloz, o vento entrava fresco pela janela e alisava o rosto alegre. Foi desviar de um motoqueiro atrevido e derrapou na rua Jardim Botânico; bateu forte no poste e Procópio teve um traumatismo no joelho, trincou a rótula e ficou sem poder andar mais de duas semanas.

Recomeçou devagar, de muletas, sem dignidade nenhuma, e por isso mesmo não foi levar o tônico, não podia Isaura vê-lo assim; pediu a Carlinhos, o sobrinho, que levasse.

Amuado, acachapado, fez então a reza devagar pra ele mesmo, fez o voto e a pergunta. E teve a resposta que já estava bem no fundo da cabeça, na lembrança do Velho: o mau uso do saber tinha castigo. Merecido, sim: saber tem responsabilidade.

Maria Octavia

Vestida de rosa, eu me lembro, um pano sedoso, calçada em sandálias brancas de salto, tirinhas de couro bem finas deixando ver os pés bem-feitos e cuidados; as pernas tinham a forma, a curvatura, a pele, o remate, a cor, a consistência mais bela e feminina que até então se me mostrara; o corpo todo condizia nas proporções e dimensões, os cabelos eram negros e lisos, ela era clara, os olhos cintilantes e a boca de carnação e amplitude inacreditavelmente sensuais, ela me olhava, me sorria, oh, Maria Octavia, me disseram, filha de pais portugueses, comerciantes generosos, eu poderia ter sido feliz com ela, mulher, éramos jovens, ela dançava com outro, ligeiramente desritmada, quem sabe perturbada, era um baile vespertino, ela me olhava.

Muitos anos. Nunca mais.

Entretanto, sei que não feneceu, não matronou com os anos, não é hoje uma portuguesa redonda e volumosa de pernas troncudas, pés engrossados e buço sobre os lábios; de fala desabrida sem conveniências. Nada disso, sei que não é, que não perdeu a delicadeza da pele e a jovialidade do ser, não foi desfeita da beleza que vi naquela tarde. Sei e digo.

Pois recebi ontem um telefonema e tudo me foi dito pela voz de Maria Octavia, que nunca cheguei a escutar mas logo reconheci. Disse-me agradecimentos com palavras de simpatia. Sabia do que eu havia escrito sem ter lido. Sabia e agradecia. Afetuosa.

Saudosa.

Aquele sentimento

Portentos, verdadeiros portentos, a palavra lhe viera fácil com exatidão, gostava de achar as palavras certas, aquelas árvores gigantescas eram portentos da natureza; como as montanhas da terra, elas eram inabaláveis na sua força e na sua grandeza, eram majestades, os troncos e as raízes tinham expressões fortes, eram esculturas do tempo que contavam uma história centenária daquele Campo de Santana, era assim que se chamava antigamente, Tião sabia que ali muita história do Brasil tinha acontecido. E se lembrou do poema que fora obrigado a decorar na escola em Trajano, tanto tempo atrás, estava na memória, começava: "Olha estas velhas árvores, mais belas do que as árvores moças, mais amigas"... Não lembrava o resto e não sabia o autor, era um poeta brasileiro importante mas não sabia mais, só achava que tinha escrito aqueles versos ali, sentado naquele banco, como ele, olhando as árvores embasbacado.

Tião tinha uma biblioteca no Juramento, uma coisa que tinha também uma história de anos, que começara com uma barraca de discos e revistas na feira de Anchieta, e até roupas usadas. O mais era o gosto que tinha de ler, que vinha desde aquela professora da escola de Trajano. Que mulher formidável, torta de figura, como aqueles troncos, e sábia de coisas tão importantes que tinha aprendido com ela. Oh, vinha aquele sentimento.

Lia tudo, desde aquela época, qualquer coisa, guardava livros, marcadores de livros, colecionava. Era porteiro de noite em Botafogo, noite sim, noite não, ficava lendo. E as pessoas o indicavam como recebedor de livros de gente que queria se desfazer deles. Foi acumulando, Geisa reclamando, com razão, resmungando mas aceitando aquela mania dele, e o depósito crescendo coberto de zinco ao lado do barraco. Anos. Até que o pessoal da Cufa viu aquilo e propôs ajuda para ele montar uma biblioteca.

Davam-lhe meio salário e buscavam livros na Kombi onde oferecessem, e Tião foi fazendo uma clientela, ali no morro e nas adjacências. Emprestava a um real, anotava nome e endereço, e muito raramente os livros não eram devolvidos. Vendia também a um real livros que não tinham procura nenhuma. Pois a Rádio MEC ficara sabendo daquilo e queria fazer uma entrevista com ele; estava ali aguardando a hora, meio nervoso, claro, mas um nervoso positivo, era a sua oportunidade, era só contar tudo como fazia, não ia inventar nada. Só procurava uma palavra pouco usada, diferente, que mostrasse sua cultura. Gostava de cultivar e usar palavras de destaque, as pessoas se destacavam pelas palavras que usavam, diferentes. As pessoas que liam muito, como ele, usavam palavras de destaque. Estava pensando em uma assim como vilegiatura. Podia, logo no início da entrevista, dizer que eles, da Rádio MEC, tinham a sorte de trabalhar naquele local privilegiado, era uma boa palavra, também. Podiam, todo dia, no horário do almoço, passar uma meia hora de vilegiatura naquela praça maravilhosa, olhando aquelas árvores portentosas, relembrando a história passada ali. Era uma boa, Mariana ia ficar bem impressionada.

Tinha conseguido avisar Mariana daquela entrevista. Assim como quem dava uma notícia comum, sem importância maior, tinha avisado a hora e a estação, aquela estação que ela nem conhecia, que era a rádio que as pessoas cultas escutavam, não tinha dito isso mas com certeza ela ia saber, ia reparar, Mariana escutava e admirava as palavras diferentes que ele usava. Mariana admirava o trabalho dele naquela biblioteca. Dizia mesmo que o admirava. Não dizia que o amava, como ele a amava e desejava tanto que ela retribuísse. Mas ela dizia que o admirava e já era um primeiro passo. Importante. Havia a diferença grande de idade, Mariana era moça. Mas podia chegar a ter algum amor por ele, podia ser condescendente, se o admirava tanto, como dizia, podia deixar que ele a beijasse na boca e acariciasse seu corpo, o contato físico era o começo do amor de coração.

Mariana vestida de cor-de-rosa e sapato branco de salto alto, oh, aquele sentimento, Tião olhava as árvores e já nem pensava no portento, pensava em Mariana, tão religiosa, deliciosa, aquele sentimento. Da última vez ela tinha chegado a dizer que lamentava não poder corresponder ao amor dele, como se dissesse que gostaria de ter amor por ele, quase como se dissesse que o amava, a admiração não deixava de ser uma forma de amor. Se concordasse em um contato de corpo, um beijo que fosse, podia resultar em amor de alma, mesmo ele sendo quarenta anos mais velho. Antigamente havia casamentos assim arranjados, de conveniência, as moças concordavam, permitiam o contato e acabavam amando os maridos muito mais velhos. Não só admirando, amando mesmo. Podia ser assim com Mariana. Podia desenvolver aquele sentimento de retorno ao que ele tinha. Faria tudo por ela. Tudo. Faltavam quinze para as onze, era hora de ir, chegar dez minutos antes como havia sido pedido. Falaria sobre as árvores, sim, o portento, o privilégio da vilegiatura, sobre a história ali no Campo de Santana, devia causar boa impressão a Mariana. Aquela entrevista era para ela. Claro que era uma conquista da sua vida, sua oportunidade, uma medalha pelo mérito do seu esforço, da sua pertinácia, do seu valor, que aliás Mariana reconhecia. Mas o importante era acrescentar um grau a mais naquela entrevista, Tião, o livreiro do Juramento, escutado pelos ouvintes mais cultos da cidade, escutado e admirado por Mariana. Talvez até amado por Mariana. Oh, aquele sentimento.

Aproveitou o sinal, os carros todos parados, e atravessou a rua de passo estugado, não correndo, não podia mais correr, as pernas fraquejavam. Merda de velhice, atrapalhava tudo. Entrou no prédio da Rádio MEC. Nunca tinha entrado. A rádio da gente culta. Entrou: aquele sentimento.

Rosângela

Com a palma da mão Rosângela podia bem sentir o abaulamento do baixo-ventre, quando tirava a roupa antes do banho e procedia a este exame, todo dia, com delicadeza, quase carinho. Era bem discreto o abaulamento, tanto que não se percebia pelo ver corrente, não se distinguia nenhuma linha de ressalto adicional à curva ampla e natural do ventre, não propriamente adiposo mas alargado pela gravidez que lhe trouxera a filha Ana, de dois anos. O corpo, no geral, mantinha a esbeltez da juventude, mas ficara ali a marca da maternidade, ali na cintura como nos seios, que, cheios e sugados, haviam perdido a rijeza macia de antes.

Vinte e dois anos, e aquele caráter benigno de aceitação das circunstâncias da vida, que a fazia gostar ainda da sua própria figura, e desprezar o desgaste da maturidade prematura e da responsabilidade com os cuidados da filha. Mantinha as alegrias essenciais da vida, as duas graças dela: a juventude e a menina, o acordar e sentir o regozijo da manhã, o existir, e a menininha Ana, fruto dela, não do amor mas do assédio e da conformidade. As coisas.

Tinha feito direitinho os oito anos escolares do primeiro grau e trabalhava desde os dezessete, naquela disciplinazinha ditada pelo pai, um rodoviário honesto, motorista, comunista e conservador. Agora, depois de uma parada de um ano, quando nasceu a filha, ela estava de atendente num supermercado em Campo Grande e morava com a família num enorme ajuntamento de casas de moradia popular chamado Cesarão, uma cidade homogênea que ficava perto de Santa Cruz, cheia de gente de vida difícil. Ela ficava com a filha no quarto do corredor que ia para a cozinha e o banheiro, e os pais no quarto que dava para a sala, com mesa, cadeiras, duas poltronas e o móvel da televisão, tudo apertadinho. O dos meninos ficava em cima, fechado sobre um canto da laje para onde se subia por uma escadinha externa. O resto da laje era do varal, da caixa-d'água e de uma varanda aberta, que tinha perdido outro pedacinho para se fazer um novo quarto para Doroteia, a irmã que ficava com ela no quarto de baixo antes de Ana nascer.

Doroteia era a irmã logo abaixo dela, que também trabalhava mas que era muito bonita, de pele branquinha da cor da do pai, e cabelos castanho-claros, bem sedosos, olhos iluminados e um corpo formoso e curvoso, que se mostrava através das roupas justas e decotadas que ela usava. Havia atritos com o pai por causa disso, atritos graves, ele imprecava contra a justeza das calças ou a curteza das saias, e uma vez rasgou de raiva uma blusa indecente que arrancou à força do corpo dela. Ele intuía, ele era homem e sabia, e a mãe intervinha e punha panos quentes, ela sabia também, não era nenhuma boba, mas sentia um certo aprazimento de realização através da filha bonita que vivia experiências de outra graduação. Todos sabiam que Doroteia trabalhava, também tinha feito o colégio, trabalhava de secretária no escritório de um advogado no centro da cidade e ralava o sacrifício da viagem diária e cansativa. E que algumas vezes se atrasava muito por causa do tráfego e chegava até depois de meia-noite. Ganhava bem por isso, claro, como se via na televisão; todos viam, todos sabiam, até os dois meninos mais novos que ainda estudavam, e o maior já trabalhava.

Na primeira noite que não veio dormir em casa, Doroteia enfrentou a cara séria do pai no dia seguinte de manhã, a cara azeda e a fala séria, de que seria melhor que ela não morasse mais com eles, já que escapava aos padrões morais da família e podia contaminar os outros. E a moça chorou, sinceramente chorou, e a mãe chorou com ela, e Rosângela também. O pai então calou, seco e amargo. Era a família. Eram os tempos. Difícil manter a família naqueles tempos. Mas era a família. Calou.

Calou para sempre, e até voltou a sorrir de vez em quando. Tomava a cerveja no bar do Caçula com os amigos de sempre, e foi descontraindo a vergonha da filha.

E um dia Doroteia falou com Rosângela, as irmãs se amavam e se falavam tudo entre si. Falou séria porque o assunto era sério; falou porque achou que devia falar, era a irmã, Doroteia adorava a sobrinha, e sofria com a dureza da vida de Rosângela. Falou porque doutor Célio tinha falado. Rosângela tinha ido à cidade levar a Ana para fazer um exame por causa de uma anemia e dias depois foi apanhar o resultado que não deu nada de grave. Estava feliz e passou no consultório do doutor Célio para voltar com Doroteia. Nunca tinha ido lá e foi apresentada ao doutor Célio. No dia seguinte doutor Célio falou e Doroteia pensou, pensou, e achou que devia contar a Rosângela.

Doutor Célio era um homem sério de cinquenta e poucos anos, não era um vigarista, um enganador, não vivia rindo e soltando piadas, era um homem maduro e falava sério, ia direto ao assunto, honesto. Tinha dois amigos, advogados também, mais ou menos da idade dele, sérios como ele, um deles pouquinho mais moço e meio alegrinho, mas boa gente. Eram todos casados mas tinham precisão de mulher jovem e bonita, sabe como é homem. Tinham alugado um apartamento no centro da cidade, na Avenida Beira-Mar, onde se encontravam com algumas moças direitas, como ela, Doroteia, não queriam saber de prostitutas. E o doutor Célio vivia insistindo para que ela, Doroteia, fosse morar lá e cuidasse do apartamento. Ela resistia por causa da mãe, e também por causa da irmã, Rosângela. Mas estava quase decidida. E o doutor Célio tinha gostado da Rosângela, tinha achado ela bonita e com jeito muito delicado e carinhoso, ele conhecia bem as mulheres, e tinha perguntado se ela não queria fazer parte do grupo de moças que frequentavam o apartamento. Era tudo muito sério, muito discreto e muito honesto, e as moças ganhavam bem, toda vez que passavam lá. Só a primeira vez era difícil. Rosângela podia continuar trabalhando no supermercado e ir lá de vez em quando, uma vez por semana, assim, podia dormir lá com ela, Doroteia, podia dizer em casa que estava com saudade e ia dormir com a irmã. Claro que os pais iam desconfiar e saber, mas era uma coisa tão discreta que eles não iam brigar muito, a mãe ia aprovar, o pai já estava se acostumando ao mundo.

Rosângela ouviu tudo sem dizer palavra, sem mais que um rubor muito leve no rosto, de excitação ou de timidez, mas imperceptível. Não esperava por aquela fala e não tinha uma resposta preparada, tinha que elaborar, era uma revolução na vida, e um mundo desconhecido, não era um salto no escuro porque tinha o amparo da irmã, mas era outro mundo, adulto e grave, não era mais a meninice irresponsável do Bebeto que era o pai da Ana mas não era, que só queria brincar de sexo e já não tinha nenhuma graça.

Tinha de pensar, era menina ainda, mesmo mãe, sendo chamada a ser mulher, a doçura não perdia, que era dela, mas perdia a inocência, tinha de pensar, olhando a vida com olhar mais medido e meditado. O futuro. Pensava.

O TREZE

E há os que não fazem nada, antigamente chamados de vadios e perseguidos com rigor pela polícia. Mudou essa atitude em razão de circunstâncias novas, de boas sementes trazidas de fora e medradas no clima da democracia, no amanho da cidadania, direitos humanos, essas coisas. Mudou também o modo de ver esses concidadãos; alargou-se o horizonte filosófico da sociedade, abrindo espaço para a admissão de mais esse direito: o de não fazer nada, como direito de qualquer um e não só dos nobres de família que sempre o tiveram. Sim, não havia aqui, desde sempre, nada parecido com uma ética do trabalho, e o ócio era honorável, emblema das famílias do patriciado. Vadiagem era uma expressão que se aplicava tão somente ao povo bruto, especialmente aos negros, a quem competia o esforço do trabalho. Enfim, isso acabou e não se prende mais ninguém por vadiagem. Há que compreender, todavia, que o fazer nada, para os que não são ricos, demanda habilidades muito especiais no conseguir o necessário pão de cada dia. Talentos e flexibilidades. Pelo menos uma destreza no falar e no agir, no gesto e no olhar, no dizer esperto e na mentira leve, na simpatia do trato em geral. Era o Treze.

Não fazia nada; ou, melhor qualificando, nada de produtivo; no mais, fazia tudo. Tinha uma pequena banca de caixote na Rua Alcindo Guanabara, ao lado da Câmara de Vereadores, e ali vendia balas, bombons e amendoins, por vezes sabonetes, ao lado um isopor com refrigerantes e cerveja, ali cantava e discursava na rua, de microfone virtual entrevistava pessoas de índole branda, era um comunicador, fazia músicas na pauta do pensamento popular do dia, e desenhava também, conseguia folhas de computador usadas e no verso fazia suas sátiras que exibia, coloridas no lápis de cera. Não era, pois, um desocupado, tampouco um preguiçoso, fazia tudo o que a oportunidade lhe trazia, com índole artística, diariamente estava em sua banca, desde de manhã ao fim da tarde, ajudando nas manobras do estacionamento dos vereadores e ganhando pequenas propinas.

Tinha tido, outrora, emprego de carteira e salário na construção; a queda de um vergalhão lhe ferira a perna, fundo, e desse ferimento ficou-lhe um leve manquejamento e uma pequenina aposentadoria por invalidez. De uma indenização fez uma laje no Morro dos Macacos, onde então residia com Luciana. Era seu patrimônio, tirava na laje um aluguel.

Enviuvara e morava hoje no Borel, num quarto de dona Conceição. Tinha a mãe ainda nos Macacos, idosa e resmungona, religiosa, não o acolhia, não confiava, era cuidada pela neta, filha dele, que morava com a velha.

A filha era negra de pele macia, alta e esbelta, era a genética dele que era assim, e tinha feições afiladas, era bela, formosa. Frequentava a banca, ao menos uma vez na semana ia ver o pai, dar notícia da avó e dela mesma, que estudava no Senac, corte, costura e estilismo, tinha metas. Era moça responsável, tinha a religião da avó e o cuidado com o pai. Numa dessas visitas à banca, foi vista pelo vereador Saulo, presidente da Câmara, e o assessor Germano, fiel chefe da segurança da Casa, viera depois lhe dizer que o presidente apreciara muito a menina, como anúncio de um trunfo.

Não disse nada, o Treze, não fez cara, tinha juízo, mas ficou grilado, conhecia a humanidade, e falou com Luizinho, o vereador do Borel, que tinha seu voto e seu trabalho de cabo, e andava até querendo instalar uma rádio comunitária no Borel, propondo a ele, Treze, ser o locutor, pela destreza de fala que tinha. Falou, contou. Luizinho sabia bem quem era o presidente mas minimizou, ficasse quieto, na dele, não temesse, não ia perder a banca, a autorização da banca que era da Câmara.

Fingiu que relaxou, abriu uma cerveja do isopor e dividiu com Luizinho; oferecimento seu. Puxou um foguete da caixa, tinha sempre uma caixa de foguetes, e acendeu, espocou. Estava bem e festejava. Conhecia, todavia, o ser dos homens; ligou para Betinha e disse que não aparecesse por algum tempo, falariam pelo telefone, ele iria um dia ver a mãe e conversar com ela nos Macacos.

Esperou. E veio a proposta objetiva, dias depois: Germano disse que o chefe oferecia um DAS que daria a ele, Treze, algo como dois mil todo mês, garantido, funcionário fichado, e oferecia à moça cinco mil de prêmio pelo encontro. Ele ouviu sério, tinha os controles de convivência, sabia manejar a vida, tinha passado sofrimentos, quase perdido a perna, amava a mulher que havia morrido de um nada, de repente, uma coisa como uma explosão no cérebro, os médicos falaram em aneurisma, coisa que devia ter de nascença, bonita que ela só, sestrosa, passista da Vila, passara por muitas, o Treze, expulso dos Macacos pelo Carlitos, o chefe, por uma mentira do Belão, apaixonado pela Luciana, louco para comer a mulher, inventou que ele, Treze, assassinara a mulher de ciúme, encrenca dos demônios, barra bem pesada, mas sabia rastejar sob o fogo, e sair ileso na dignidade.

Tinha os controles, segurou a indignação e respondeu o Germano, calmo, que não podia aceitar, e nem podia fazer a moça aceitar, ela era religiosa e muito independente, altiva, que agradecesse ao chefe mas não tinha como. E falou com Luizinho, contou, oh, que erro, o vereador arroxeou de raiva, ele viu logo que Luizinho também estava gamado pela Betinha, razão daquele espalhafato, ia relatar ao vereador Cerqueira e fazer uma denúncia pública, pela tribuna e pela imprensa, um escândalo, ih, que erro, foi um custo para parar o Luizinho, pedir que esperasse um pouco, que aquilo ia morrer ali sem consequência, que o movimento dele, Luizinho, podia prejudicá-lo, a ele, Treze, um custo, mas conseguiu, abriu outra cerveja e soltou outro foguete. Disse ao vereador: "Sabe? Gosto muito da sua pessoa."

Na outra semana, claro, já esperava, veio outra proposta: o presidente mantinha a garantia do DAS e oferecia ademais, a ele também, Treze, um prêmio de cinco mil, e dobrava o prêmio da moça para dez mil pelo encontro. Irrecusável. E a nova proposta vinha com um tom diferente, com um acento de autoridade impaciente.

Ah, a vida lhe pregava mais uma, tinha de sair daquele lugar tão propício, não pelo ganho que tirava mas pela simpatia do movimento, conhecia as pessoas, era visto e considerado, era até mesmo escutado nos seus pronunciamentos no microfone virtual. Que transtorno dos infernos, tinha de procurar outro sítio, andou rondando pela Assembleia, na Dom Manuel, perto do Foro, perscrutando, avaliando. Dois dias, três, rondando, sentindo a dificuldade, confirmando o que já esperava, era graduado em realidade, a praça era muito concorrida, de todos os lados, muito difícil abrir ali um espaço, foi notando e sentindo caras feias, conflitos certos, não dava. De noite na cama, revendo e pensando, viu que não dava, merda de vida, mas já tinha vencido outros apertos, não ia afundar naquele poço de desassossego e desespero.

Oh, que noite filosófica teve, sem dormir, só pensando, meditando a vida. Decidiu.

Não disse nada a ninguém, nem ao Luizinho, não disse nada à Betinha, tomou a decisão da sabedoria e da dignidade e fez o que tinha de fazer, largou a banca ali mesmo, o caixote, o isopor, tomou as duas cervejas que tinha, devagar, cumprimentando um e outro, respirando e filosofando, tinha o amparo mínimo de renda, tinha engenho e tinha arte, largava aquilo, não ia lidar com torpezas, tinha ainda quatro foguetes, soltou os quatro, um a um, espaçadamente, as pessoas imaginando e ele nem nada, comemorava a decisão, terminou e foi saindo, de olhos para cima, andando seu andar de leve claudicar, entoando uma canção antiga, andando, andando, foi saindo de vez.

Passei e vi

O Rio é uma epifania; não é a coisa em si que se oculta dos sentidos, mas é aquilo mesmo de real que se mostra em curvas e cores, em luzes e sabores; o Rio é o som do samba e a poesia da canção. O Rio em si é música e é dança, é o ser em movimentação rítmica. É forte na filosofia, sim, tem saberes que outros povos não alcançam, sabe cultivar o dever de viver. O Rio chama para o Belo e a Verdade, propicia o ser no homo, o filosofar, que é a mesma coisa. O homem envolvido demais nas cortes do business, nas obrigações mundanas do fazer e do ganhar, não pode ter a liberdade de espírito como tem no Rio, mesmo trabalhando, para ver e perceber as harmonias que existem entre as coisas deste belo mundo de aparências, não tem disponibilidade para contemplar e para amar, não tem tempo para ser. O Rio propicia, é o esplendor das aparências. Não produziu grandes sistemas escritos e catalogados, mas configurou, sim, um sistema vivo, um sistema filosófico de vida, um modo de ser sem paralelo. Não é tão forte na saúde: na periferia, onde vive o povo, o Rio ainda é cheio de carências dos macroelementos e tem poucas noções de sais e vitaminas; fuma e se exercita no trabalho, sem usufruir as modernidades mais saudáveis que circulam pelo centro, que é a orla do mar ameno, onde academias proliferam e médicos cobram em ouro sua ciência. Mas a vida é saúde, amor e mais filosofia, e o Rio é rico na filosofia e mais no amor.

O contemplar tem muito a ver com o Rio porque, ora... Assim é que a moça inglesa contemplava: passou horas ali, em quinze minutos passou quinze horas a contemplar, que o tempo tem mistérios quando a beleza excede, horas a olhar enternecida o conjunto de majestosos e delicados recortes de pedra natural banhados naquela luminosidade que vai da manhã à tarde, passando pelo ofuscante meio-dia, que é mais calor que luz e chega a fazer peso. Sentiu tudo isso ali, vendo e combinando memórias que já tinha, a manhã mais cromática e a tarde mais reveladora. Eram quase seis horas de uma clara tarde de verão, e é assim, no início da orla dos jardins do Aterro, perto da pirâmide do Estácio de Sá, você vê saltar aos olhos no detalhe toda a musculatura portentosa do Pão de Açúcar, aquela enorme massa de carne-pedra, como viva, mesmo imóvel, sentada ali sobre a enseada em postura esfingética, o dorso composto pelo Morro da Urca.

Ela tinha visto antes, a moça inglesa, ou irlandesa, e voltava a contemplar, a comoção a lavorar-lhe a alma, o corpo entorpecido de encantamento, passei naquele justo momento e observei, pude ver seus olhos, de um azul de puro céu distante, as sobrancelhas finas bem riscadas, da mesma cor avermelhada dos cabelos muito curtos, a pele de uma brancura emocionante, naquele mesmo instante em que se superpunham em seu espírito as impressões da vista e da audição, sua jovem boca se entreabrindo de felicidade, os dentes perfeitos, ela esguia, esbelta, de uma raça pura, bermudas coloridas e camiseta arroseada, juventude de outro hemisfério e outra língua, naquele momento em que, tendo ainda à frente o espanto da visão que a arrebatara, começava a escutar o que dizia, doce, o moço em seu ouvido, o instante mesmo da transição, aos poucos já olhando sem ver o que encantada tinha visto, e passando a escutar enlevada o que lhe vai dizendo o rapaz, que é de cores bem morenas e raça carioca, numa língua que não é a dela, mas que é metáfora da música do Rio que ela ouviu e compreendeu, recebendo deleitada o falar carinhoso em seu ouvido, ela a seu lado, ambos de pé, tal como estavam na contemplação, ele com uma das mãos nas costas dela, carinhosamente, a mão direita, e a esquerda sobre o ventre dela, um pouco acima do diafragma, com leveza, a cabeça inclinada sobre o ouvido dela, ele mais alto, esguio como ela, raça caldeada, magra e elevada, também de bermudas, camiseta sem mangas, beijando-a em palavras, eu vi, conheço os moços do Rio, são amorosos, há os brutos também, claro, formados na cultura do funk, do vídeo e no cinema de sangue, mas são carinhosos no maior e no geral, podendo até tirar vantagem disso, em dólar, mas sem brutalidade, no impulso puro do amor e da musicalidade, ele também fascinado de verdade, atraído por aquelas cores contrastantes, aquela alvura de pele, aquele azul de olhos, aquele vermelho de cabelos escoceses, ele também sorri igual, da mesma felicidade, enquanto fala e acaricia, colhendo na hora, no presente, quem sabe desfrutando mais posteriormente, passei e vi, quase ouvi, e tenho certo em lembrança ainda o que escutei ou não, ele em doçura, você está no Rio, apreenda, sorria, inale fundo essa atmosfera e relaxe a alma, goze, amiga, amor, deixe ser como é aquilo que é, você está no Rio, aqui à frente, a Baía dos Inocentes, passei e vi.

Laurinha e Belinha

Moravam as duas sozinhas numa pequena casa de vila na Rua Tonelero: Laurinha e Belinha, eram conhecidas assim, referidas sempre assim, apesar de Belinha, tendo já completado os 82, ser dois anos mais velha que a irmã. Tinham um irmão mais moço, Leandro, que havia uns vinte anos tinha se mudado para Portugal, com passaporte europeu, dentista, parece que se tinha dado bem por lá, porque nunca mais dera notícia.

Os pais eram portugueses de Cabeceiras do Basto, no vale do Minho, atraídos ao Brasil por um tio, irmão da mãe, feirante bem-sucedido no Rio, com um pequeno sítio no Mendanha onde cultivava verduras, o seu verdadeiro gosto, e que pretendia investir em quitandas no bairro novo e promissor da cidade naqueles anos 30, que era Copacabana, onde corria mais o dinheiro. E o cunhado, Alfredo, o pai das meninas, tinha experiência no comércio de gêneros, empregado que era no armazém da sua pequena cidade.

Belinha tinha pouco mais de um ano, nascida portuguesa, e a mãe estava pejada do que esperava fosse um irmãozinho mas que veio a ser Laurinha. Só quatro anos depois nasceu Leandro.

Ajudados pelo cunhado, instalaram-se de aluguel na pequena casa 5 da vila na Rua Tonelero, perto da Otto Simon, que tinha sala, copa e cozinha embaixo, um quintalzinho de nada com um tanque, e dois quartos e banheiro em cima, e que era próxima à primeira quitanda que o Geraldo já estava montando na Barata Ribeiro, na altura da Praça Arcoverde.

E a vida para eles e elas começou ali, o pai nunca prosperou como o tio mas teve o bastante para comprar a casa e duas quitandas do Geraldo, mais uma lojinha alugada, e dar à família o sossego e o conforto mínimo de uma existência estável.

Estável talvez em excesso, colégio muito bom para as meninas, o Sacré-Coeur ali na mesma rua, e um colégio mais simples mas igualmente bom para Leandro, também nas imediações, na Praça Serzedelo Correia.

Vida sem acontecimentos, vida anódina, absolutamente comum, percalços pequenos, pequenas venturas, circunstâncias propícias para as meninas, brincadeiras infantis dentro da própria vila, a roda de cantigas, o anel, a barra-manteiga, a ida e a volta do colégio de mãos dadas, um quarteirão da rua, de aventura só um mergulho na beira da praia aos domingos, sob a vigilância da mãe em vestido e sandálias debaixo da barraca. Sim, vida feliz. Sim?

Não conheceram o amor. Por circunstâncias várias, a partir dos limites estreitos da vida que levavam, da visão severa que presidia todo o ambiente familiar de velhos hábitos portugueses interioranos, dos rígidos preceitos religiosos observados sem relutância pelas meninas, a orientação de não ingressarem nos estudos superiores, domínio dos homens, a passiva espera do pretendente ao casamento, circunstâncias várias convergiram para que as meninas não se enamorassem quando moças. Belinha ainda teve dois namorados, o primeiro quando adolescente, namorado de portão, de muitos olhares e poucas palavras, uma ou outra ocasião de pegar na mão; o segundo, o Marcelo, mais demorado, mais tencionado, irmão de uma amiga que tinha sido do colégio já concluído.

Marcelo chegou a entrar na casa da vila, conheceu dona Esmeralda, que acompanhava as filhas em festinhas de dança, era visto como rapaz distinto e pretendente de boa qualificação. Marcelo estudava engenharia e já trabalhava de estagiário na companhia telefônica. Marcelo telefonava quase todo o dia e já podia ir aos sábados ao cinema com Belinha, indo junto a Laurinha. Beijavam-se no escuro do cinema enquanto Laurinha olhava a tela e via o filme.

Belinha tinha os traços finos de um rosto bem desenhado, era uma moça bonita de pele suave e olhos compassivos, a figura de um *biscuit*. Era magrinha toda ela, delgada, carecia de formas, as pernas e os braços pareciam de menina; os lábios não tinham nenhuma carnação. Não se sabe a razão mas, de um dia para o outro, Marcelo desapareceu. O fato é que sumiu, não deu sinal nem explicação. Belinha sofreu, chorou, ainda mais magrinha ficou, sem apetite, preocupando a mãe.

Laurinha nunca teve namorado. Desde cedo faltaram-lhe atrativos. Ao contrário da irmã, era constituição forte, musculosa, tendendo ao masculino, constituição esta que se foi acentuando com a idade de tal forma que aos trinta anos era uma consistente portuguesa e ostentava um buço proeminente.

Cresceram, viveram e envelheceram, sempre juntas naquela vida sem emoções. Isto é, sem nenhuma outra emoção que não aquelas dos eventos naturais: as comemorações de aniversário, a comunhão da Páscoa, as noites contritas de Natal, a Missa do Galo e a ceia com vinho do Porto e rabanada; e as emoções normais da tristeza: morreu o pai em 1969, a mãe dez anos depois, Leandro se casou em 71, não teve filho, separou-se cinco anos depois e se mandou para Portugal no final dos 80.

Foi assim, e elas ficando, costurando, bordando, tricotando, até quase o ano 2000; depois foram parando, vendo televisão, ouvindo um cedezinho saudoso, fazendo as refeições, tomando um solzinho de manhã na varandinha que dava para duas cadeiras, iam à padaria todo o dia, à farmácia e à feira toda semana, à missa na Nossa Senhora de Copacabana todo domingo, visitavam Irmã Felícia no Sacré-Coeur a cada dois meses, sempre juntas, a pé, não sabiam andar de ônibus, tinham saudades dos bondes, quando precisavam, tomavam um táxi, tinham aluguéis das três lojas deixadas pelo pai. De seis em seis meses, iam ao doutor Laerte na Policlínica de Botafogo.

Era a vida. A vizinhança era toda de uma geração nova, gente educada, davam bom-dia e boa-noite mas não conversavam mais. Só dona Eugênia parava um pouco e trocava umas palavras, sobre acontecimentos da semana, sobre a mãe que morava com ela e tinha Alzheimer, precisava de uma ajudante. Morava na casa dos fundos da vila que era um pouquinho maior, tinha um quintal pouco mais amplo, dona Eugênia, filha do seu Miguel, já falecido, que era um estofador e trabalhava no próprio quintal. Dona Eugênia fazia cerâmica, era uma artista, dava aulas e produzia peças para vender.

Dona Eugênia, sim, parava e conversava um pouco, todo dia levava para passear o seu cachorro, Lord, um labrador simpático que sentava e esperava, enquanto ela falava do tempo, dos assaltos, preocupada com a segurança na cidade cada vez mais violenta, aquele horror. Confiava muito no Lord.

Era a vida. Eram felizes? Não pensavam nisso. Pensavam, sim, na morte, com certeza. Com tranquilidade; sabiam que encontrariam o pai e a mãe. Sabiam também que não podiam viver uma sem a outra, e que a outra, que ficasse, iria logo, logo depois da primeira que morresse, talvez uma semana, não duraria nada. O problema seria o túmulo, do pai e da mãe, no Catumbi, que só podia enterrar a outra depois de três anos da primeira. Não, isso tinha sido uma preocupação inteiramente superada, haviam indagado bem: o túmulo tinha dois andares, a primeira seria posta no de baixo para dar lugar à segunda no de cima; ficariam juntas também lá.

A vida, a passividade, a amenidade, sim, a tranquilidade sem questionamentos da rotina inalterada, dia após dia, até o dia do acontecimento.

Dona Eugênia passeava de manhã com o Lord e parou: como vão, bem, isso e aquilo, e contou que havia tempos o Lord tinha passado uma semana na casa de uma amiga que possuía uma fêmea, e do namoro tinha nascido havia dias uma ninhada, da qual ela, Eugênia, havia ficado com dois nenenzinhos: uma fêmea, que ia guardar para ela, para fazer companhia ao Lord, e um machinho. Pensou em vender aquele bichinho, chegou a oferecer a várias amigas, pensou em botar anúncio mas não queria ter o trabalho com aquilo, não precisava daquele dinheiro e resolveu doar o cachorrinho. Pois estava, primeiramente, oferecendo a elas duas: uma companhia para as vizinhas, a raça mais cordata e amiga que havia.

Oh, a repentina obstupefação. Sem respirar, olharam-se uma para a outra e o pensamento se fez numa centelha, não deu tempo a que pensassem, toda a vida nova que se abria, abria-se para elas numa fração de segundo: sim, queriam o cachorrinho; nunca haviam pensado naquilo e, num repente, sentiram o renascimento, a fascinação da vida nova.

Oh, a alegria para dona Eugênia também. O cachorrinho ainda estava na casa da amiga mas no dia seguinte ela passaria por lá e traria os dois, a dela e o delas. Oh, comemorariam encantadas, com certeza, nada como um bichinho amigo daqueles para trazer felicidade, elas iam ver como ia ser bom. Oh, graças, que coisa boa.

Dona Eugênia deixou-as para fazer sua caminhada e as duas irmãs entraram em casa e começaram. Começaram a vida nova, pensavam em uníssono, eletrizadas com o cuidado da vida que se abria nova. Não discordavam em nada: ali no cantinho da copa seria o quartinho dele, havia uma pet shop na Inhangá, iriam lá comprar um bercinho para o "Príncipe", seria o nome dele. A própria dona Eugênia as instruiria com a sua experiência, veterinário, cuidados, ração, aquela coisa toda, os passeios com ele. Saíram logo, foram à Inhangá, compraram a caminha de madeira, o menino trouxe na mão com elas, também já uma coleirinha, viram que ali tinha tudo, e acharam um livro, *A saúde do seu cão*, que com certeza devia dizer tudo, era uma leitura conjunta para o dia. Almoçaram de qualquer maneira, nem viram o noticiário da uma hora, telefonaram para Maria Cecília e para Josefina, contando a novidade, indagando conhecimentos, pensaram em visitar a Irmã Felícia mas Belinha ponderou que tinham estado lá havia um mês e ia parecer um alvoroço delas, Laurinha acatou, pensaram em ir ver o Lord em casa, para ter uma ideia, conversar com a moça que cuidava da velha, mas também era alvoroço demais. Bem, leram o livro, uma para a outra, comentando, tinha lá até o jeito de ensinar o cãozinho. Aquilo era importante, falava da inteligência e dos sentimentos do cão. De repente ouviram a Ave-Maria no rádio que estava ligado, e pararam cansadas, tinha passado o dia, pararam e rezaram com contrição, agradeceram a Nossa Senhora aquela vida nova, aquela bênção, acabaram ajoelhadas no tapete. Acalmadas pela oração, ligaram um pouco a televisão, lembraram-se da novela, abriram um miojo, comeram devagar vendo a televisão e começaram a se arrumar para dormir. Estavam mais tranquilas. Mas, na cama, cobertas, recomeçaram a falar sobre o cachorrinho, devia ser amareladinho, da cor da raça, era de raça pura, ia ficar crescidinho, um pouco grandinho para o tamanho da casa, mas tinha o espaço da vila, ele podia ficar brincando por ali desde que não saísse para a rua, todos iam gostar dele; na rua, só com elas, na coleirinha. Não conseguiam pegar no sono. Laurinha reconheceu, levantou-se, tomou um Diazepam e trouxe outro para Belinha, não adiantava ficarem acordadas e exaustas no dia seguinte. Tinham de dormir e descansar: no dia seguinte a vida mudava, no dia seguinte ia chegar o Príncipe.

Mindinha

Vidinha da mamãe, vidinha lindinha da mamãe, bonequinha vivinha da mamãe, Beth, sentada no chão, ia dizendo e repetindo de mansinho, irradiando amor com o olhar e coçando com o dedo o cantinho da boca da bebezinha, com o fito de tirar um sorrisinho leve da sua menininha de 2 meses, deitada num caixote acolchoado que improvisava um berço.

Carne e sangue dela, vida gerada nela, saída do ventre dela; com a semente do Walter, sim, mas todinha feita dentro dela, alimentada no sangue dela, nove meses, e agora vivendo já no mundo mas com o leite dela, nutrida pelo corpo dela.

Tinha acertado com o seu João, levava ela para a fábrica e a deixava deitadinha num caixotinho igual àquele, num cantinho do galpão, enquanto trabalhava. Tinha até comprado um metro de filó para colocar por cima do caixote e evitar a poeira do galpão.

Levou aquele embrulhinho no colo, a fábrica ficava ali mesmo no Engenho de Dentro, a quatro quarteirões da pousada. Era o primeiro dia que voltava a trabalhar depois do parto; levou e deu tudo certo, seu João babou, Marco Aurélio também; até o palerma do Eurico se encantou.

Era uma fábrica de pufes; ela colocava a cobertura e costurava, um a um, dali estava pronto. Ficavam bonitos, vendia tudo. Naqueles meses de licença, Marco Aurélio e Eurico se revezavam, cobriam o trabalho dela, mas não faziam a costura direito, era preciso abrir de novo e refazer, e não ficava com o acabamento que ela dava. E a produção tinha caído, seu João estava ansioso pela volta dela.

Pois aquele era o dia da volta. A fábrica era só aquele galpão, ali se fazia tudo e ainda se armazenavam os materiais e os pufes prontos. O escritoriozinho do dono ficava em cima, ele olhando tudo de lá. Era boa gente, seu João, não aperreava e pagava direito. Beth trabalhava ali havia quatro anos; pagava a pousada e sobrava um dinheirinho. E ia dando tudo certo na volta; parava o trabalho, olhava Mindinha, dava o peito, ninava um pouquinho, continuava, tudo foi virando uma rotinazinha, a primeira, a segunda semana, tudo seguindo.

Seguindo normalzinho, terceira, quarta semana, até o dia da tragédia: seu João morre instantaneamente num acidente de automóvel em que ele se choca de frente com um caminhão desgovernado na Grajaú-Jacarepaguá. O acaso, o desastre, a tragédia, o destino de súbito: a vida da gente parece um joguete nas mãos de Deus. Beth jamais podia ter cogitado; viveu o choque paralisante, como um raio fulminante. E a consequência inevitável se apresentou: a fábrica ia fechar. Dias depois, a mulher do seu João apareceu para informar aos perplexos que não tinha como continuar aquela atividade e ia vender o galpão. Doava aos empregados todo o material estocado ali, que vendessem e repartissem o dinheiro da venda, como uma espécie de indenização. Estava acabado.

Perdia o seu primeiro emprego, sem carteira assinada, nem havia tirado carteira de trabalho, não tinha nem o primeiro grau completo, estava com dezessete anos, era menor, mas não ia voltar para a casa da mãe em Éden, não ia de jeito nenhum, tinha saído de lá definitivamente havia mais de dois anos, aquele homem que só queria abusar dela, e a mãe nem ligava, queria o sustento dele, padrasto coisa nenhuma, vigarista é o que ele era, coletor do bicho, ganhava um dinheiro e achava que podia tudo, não voltava de jeito nenhum.

Walter era um duro. E completamente irresponsável. Mas procurou por ele, claro, a menina era dele também. Ele morava ali no Engenho de Dentro, com a mãe e um tio ranzinza que tinha um bar onde o Walter trabalhava, atendia no balcão. Beth explicou a situação e viu a cara do Walter. Por uns cinco minutos, parada, viu a cara do Walter que se movimentava pra lá e pra cá e não dizia nada. Viu a cara, ouviu o silêncio, e saiu levando Mindinha.

Seu Roberto, o dono da pousada, duzentos e cinquenta por mês, implacável, onde ia arranjar? E como ia comer? Contou a história para ele, pediu para ficar um mês, enquanto arranjava qualquer emprego. Viu a cara do seu Roberto. Mas pelo menos ouviu dele:

— Onde que você vai arranjar emprego?

Não pôde responder e ele saiu da frente dela, foi fazer qualquer coisa, Beth foi para o quarto, olhou Mindinha, era a vida dela, oh, a vidinha dela, era a única coisa alegre da vida dela, ficou sacudindo a menininha, vidinha minha, deu o peito, Mindinha adormeceu. E seu Roberto apareceu.

— Se você quiser encarar a realidade, deixar de ser menina e virar mulher, você tem como ficar aqui.

No limiar da porta, respirou e olhou para o corredor, voltou-se para ela:

— Você pode continuar morando aqui, eu não vou te cobrar nada. Mas você tem que deixar eu dormir aqui de vez em quando, quando eu quiser.

Beth ficou olhando, não disse nada, não era uma fala surpreendente, havia muito sentia os olhares dele, ela mesma já tinha pensado naquilo. Mas não disse nada, baixou os olhos, não rejeitou de todo, realmente tinha de encarar a realidade.

— Pense, não precisa responder agora. — Seu Roberto intuiu o pensamento dela.

E o pensamento não parou de rodar. Tinha um dinheirinho ainda do último pagamento; ia entrar um dinheirinho dos materiais que Marco Aurélio ia vender. Podia comer umas semanas, e isso era uma coisa que seu Roberto não tinha dito: e a comida? Tinha o quarto e o café com pão da manhã, mas e o almoço? Ele daria? Se ela tivesse de pagar, tinha de conseguir um emprego; se conseguisse o emprego não precisava se dar para aquele homem nojento. Ia e voltava o pensamento. Que emprego? Como é que o Marco Aurélio ia se virar? Não podia ajudar ela a se virar também? Ia e voltava o pensamento, dava um asco em pensar naquele homem em cima dela, era um grosseiro, tinha sido da polícia, era um bruto. Era como virar puta, mesmo como puta de um homem só. Mas pensava também que podia ficar assim só uns tempos, até conseguir um emprego e se mandar, aguentar aquele estrupício um ou dois meses e sumir dele logo que se arranjasse. Se ele desse o almoço também. Voltava o pensamento, buscava outras ideias, falar com Marco Aurélio, ou com a esposa do seu João. Voltar para casa, pelo menos ver a mãe, saber como ela estava, quem sabe ela já tinha se livrado daquele homem? Pensava em tudo. Pensava em ir ao ambulatório, lá em Vila Rosário, havia anos não ia lá, era menina quando ia com a mãe e ajudava no cuidado da horta, anos, mas a Irmã Conceta podia ainda estar lá, gostava dela menina.

Foi, sabia o caminho, durante um ano ia lá com a mãe duas vezes por semana, até aparecer aquele homem estúpido que não quis que a mãe continuasse trabalhando para as freiras. O ambulatório era o mesmo na fachada, uma fachada grande e clara abrindo para a rua, um terreno grande nos fundos, que ia até a rua de trás, o terreno onde tinha a horta, umas laranjeiras, umas goiabeiras, que elas cuidavam, a mãe cuidava, tinha crescido na roça, e ela, Beth, ajudava. O ambulatório era amplo, atendia mulheres e crianças, tinha ginecologista e pediatra duas vezes por semana, prestava um serviço enorme àquela gente miserável da Vila Rosário.

Irmã Berta era fechada, pouco sorria, fazia toda a secretaria do ambulatório com precisão, organizada, de poucas palavras na eficiência. Irmã Conceta era italiana e cuidava de todo o resto do prédio e do terreno, supervisionava as professoras que davam reforço escolar, o prédio tinha três salas de aula. Era uma mulher expansiva e amorosa, Beth tinha uma lembrança muito afetuosa dela. Quando viu a sua menina Beth com uma outra coisinha viva embrulhada, quase perdeu o fôlego de alegria e de carinho.

Não foi uma reviravolta súbita e inesperada como a morte de seu João, não foi um acaso porque tinha antecedentes e Beth tinha esperança, mas foi também uma rodada de ventura, um sopro da fortuna. Em meia hora de conversa, de encantamento da Irmã com a Mindinha, Beth encontrou o abrigo de que precisava, a paz e o afeto da felicidade. Irmã Conceta correu a escada para cima, conversou quinze minutos com a Irmã Dorothy, que era superiora, mais velha, pouco saía do seu escritório no segundo andar, e desceu feliz com a permissão para que Beth ficasse com elas, ajudando na limpeza e na retomada da horta que estava completamente abandonada.

Aleluia! Beth lembrava desta palavra, do seu significado luminoso, redentor, tinha aprendido ali mesmo, anos atrás, ouvindo a Irmã Conceta.

Nem precisava voltar à pousada, deixava lá umas roupinhas sem importância. Irmã Conceta administrava um bazar que abria aos domingos para a comunidade, com roupas e utensílios doados que vendia a preços baixinhos. Ela mesma compraria umas roupinhas para Beth e para Mindinha, elas ficavam lá desde logo. A fortuna, o mesmo mistério que agora virava a favor. Era Mindinha, a sorte era Mindinha, se chamava Mindinha, era a vidinha dela. Aleluia! Beth não pensou no que fazia: ajoelhou instintivamente, juntou as mãos e disse "Graças, meu Deus" com os olhos marejados.

Este livro foi composto na tipologia Minion Pro
Regular, em corpo 11,5/16, e impresso em
papel off-white no Sistema Cameron da
Divisão Gráfica da Distribuidora Record.